Raphaël Confiant

Ravines
du devant-jour

Gallimard

Raphaël Confiant vit en Martinique. Auteur de nombreux romans en créole, il a été révélé en France par *Le Nègre et l'Amiral* (Grasset, 1988) et a obtenu le Prix Novembre pour *Eau de café* (Grasset, 1991). Il est également coauteur d'*Éloge de la créolité* avec Patrick Chamoiseau et Jean Bernabé (Gallimard, 1989) et de *Lettres créoles* avec Patrick Chamoiseau (Hatier, 1991). *Ravines du devant-jour* a obtenu le Prix Casa de las Americas 1993.

A ma mère Amanthe

A tous les petits « chabins » du monde

« *Il est vrai qu'ici tout est obstacle,*
Que la lumière paraît encore plus lointaine,
Que les étoiles dévorent le front des hommes qui pensent.
Il est vrai que d'inutiles roues tournent dans le délire de l'aube
La difficulté consiste à balayer le ciel,
à fertiliser l'oubli, à différer la tristesse inexplicable. »

Henri Corbin, *La Lampe captive*, 1979.

LA PROPHÉTIE DES NUITS

Nous ne craignons rien tant que le cri doulou-
reux de l'oiseau-Cohé, celui que les Blancs-
France nomment engoulevent.

Il peuple de son spectre la prophétie des
nuits.

Grand-mère, Man Yise, qui peigne sa natte de
mulâtresse jusqu'à la cambrure de ses reins,
devient soudainement inquiète à la brune du
soir. Elle s'assoit sur le pas de la porte, scrutant
le faîte des arbres vénérables — zamanas, flam-
boyants, mahoganys — qui ceinturent notre
demeure. De temps en temps, elle lève les yeux
au ciel et murmure ce que tu prends pour une
prière chrétienne et que, bien plus tard, tu
apprends être une terrible conjuration de
négresse-Congo.

Si nous sommes au beau mitan de la saison
d'hivernage, son angoisse est forcément brève
mais quand le carême instaure un jour qu'on
aurait juré infinissable, elle nous couche, nous

la marmaille, aussitôt que les muletiers ont amarré leurs montures.

L'oiseau-Cohé annonce la mort. Chez nous, ce travail n'est point dévolu aux chiens car, pour autant que tu t'en souviennes, ils jappent encore par la queue.

L'oiseau-Cohé possède des yeux de marcou-chat : il transperce la noireté de la nuit. Il ne tisse pas de nid et pond dans le giron de la terre dont il se nourrit. Ses plumes d'obsidienne sont tiquetées de sang. Sa bouche qu'il ne ferme jamais est un sexe de femme, une grande cou-coune, qui peut vous dévorer.

Au quartier Macédoine, on nous encourage à le débusquer le jour pour l'abattre à coups d'arbalète mais nos puînés savent fort bien qu'il ne sort point dans la lumière. Le jour, il som-meille dans le ventre de la lune.

Grand-père, qui n'est pas avare de rigolade-ries, nous lance :

« Hon ! Cet oiseau-là n'existe que dans la tête-calebasse des femmes. Moi-même, je ne l'ai jamais vu ni entendu alors, mes bougres, si ça vous arrive, prévenez-moi tout de suite et je me fais abbé. Ha-ha-ha ! »

Il feint d'oublier que ce qu'on ignore est plus grand que soi et que l'on peut attendre l'oiseau-Cohé toute la longueur de sa vie.

Grand-mère est infaillible. Si elle affirme : « J'ai ouï le chant de la Mort », le soir même, une main fébrile agite le taquet de notre porte afin de nous remettre quelque billet d'enterrement. Elle t'appelle à l'aide car déchiffrer le français, pour elle qui ne s'esbaudit que dans le créole, est aussi raide que de grimper un morne. Tu ânonnes à la lueur zinzoleuse de la lampe Coleman :

« La Famille Saint-Amand a l'honneur de vous annoncer le départ de son cher fils, frère et époux, Charles. La cérémonie mortuaire aura lieu au bourg à quatre heures. Le corps sera exposé au mausolée. »

Dans les temps plus anciens que tu n'as pas connus, le billet se criait à la cantonade, annoncé par la montée du plus lugubre des sons de la conque de lambi.

Grand-père tremblade. Ses vieux doigts cannis et jaunes de tabac se crispent sur son verre de tafia mais, là même, il se ressaisit et fait le fort en gueule :

« Hé Léonise, prépare-moi mon costume d'enterrement, foutre ! Ma cravate noire mérite d'être repassée même si je ne l'ai pas servie depuis l'an dernier. Charles Saint-Amand n'était pas mon compère mais c'était un nègre travaillant. Il ne comptait pas sur le gouvernement comme tous ces fainéantiseurs d'aujourd'hui. »

Tandis que la servante s'affaire à allumer le charbon sur lequel elle met à chauffer ses deux fers à repasser, Man Yise entre dans sa chambre et ouvre sa bible au hasard, affectant d'en lire un passage à voix haute avant de la déposer, ouverte, sur sa table de nuit. Elle hèle sa fille, tante Emérante, qui s'agenouille à ses côtés, au bord du lit, et elles s'emploient à invoquer le Très-Haut. Tu aimes ces soirs-là car grand-père, qui d'habitude dort dans sa dodine, au beau mitan de la salle à manger, nous rassemble autour de lui et nous baille force contes créoles, le plus souvent mal-élevés ou comiques. Ti Jean l'Horizon nous change de tante Emérante et de ses aventures d Blanche-Neige et des sept nains.

Ombre furtive, la servante étend des draps blancs sur tous les miroirs de la maison et se vêt de hardes sombres. Dix mille plis couvrent son front, comme si le défunt était un de ses proches parents. Tu as souvenir de ses longues jambes frémissantes couleur de cannelle sur lesquelles un petit duvet frisé cristallise sa sueur. Grand-mère prétend qu'elle « sent fort » et crie :

« *Nègrès-la, ay pwòpté kò'w, non, tonnan di sò ! Ou ka pit chawony kouman !* » (Hé, négresse, va te laver, bon sang ! Tu pues la charogne !)

D'où vient que tu aimes si-tellement te frotter à elle et t'enivrer de son odeur ? D'où vient que tu la tisonnes : « Emmène-moi faire pipi dehors, j'ai peur du noir » ou bien « gratte-moi le dos, il y a un maringouin qui m'a piqué ». D'où vient qu'à son petit sourire, tu devines qu'elle leur joue la comédie du désespoir et qu'en pleine nuit, insoucieuse des zombis, elle irait rejoindre son amant (« mon massibole », dit-elle en sa parlure vieillotte) dans la petite case attenante à notre cuisine. Hermann, notre valet, l'y attendrait, nu sur sa paillasse et la roulerait par terre, à ta grande joie et à celle de ton jeune cousin Roland qui observe leurs ébats à travers les fentes des frêles cloisons.

« Man Yise, Hermann a purgé Léonise... » a hasardé un jour Roland, avant de recevoir une magistrale calotte de la part de grand-mère.

Léonise doit donc, elle aussi, apprécier la venue de la Mort car, à ces moments-là, la vieille mulâtresse se montre moins veillative et oublie de clore les portes. Hermann et sa capistrelle mènent grand train d'amour dès que l'oiseau-Cohé a chanté. Leur bamboche se répercute dans l'air du soir avec ses envolées félines.

Tu as longtemps guetté l'envol funèbre de l'oiseau-Cohé. Tu as écarquillé les trous de tes oreilles de dix-sept largeurs pour tenter de capter la douleur de son chant. Longtemps, tu t'es amblousé. Tantôt ce n'est que le sifflement d'Hermann qui s'en revient de la bananeraie, tout guilleret parce qu'il pense combler d'aise Man Yise en lui ramenant un régime plus gros que nature. Tantôt c'est le cri rauque de

17

l'oiseau-Gangan, annonciateur de la pluie, ou le piaillement d'une poule d'eau qui s'ébroue sur une roche de la rivière voisine.

Tantôt, l'oiseau-Cohé n'a chanté que dans ta tête.

Oiseaux anodins. L'imminence est leur âge. Ils courent leur chance près de l'homme et s'élèvent au songe dans la même nuit que l'homme (Paroles du Grand Ordonnateur).

Pourtant, l'oiseau-Cohé gîte dans les bois, et notre propriété, trente et quelques hectares de bananes, de canne, de jardins d'ignames et de choux de Chine, se trouve bien loin du bourg de Grand-Anse du Lorrain et encore plus de la grande ville de Fort-de-France.

Le chemin qui relie Macédoine au bourg n'a pas encore été asphalté et la Simca Aronde bleu pâle de ton père cahote entre les flaques de boue et les roches. Ta mère est fort belle dans sa robe de taffetas et ses gants sentent bon l'essence de vétiver. Sa splendeur de chabine blanche éblouit la négraille qui accourt de partout, du Morne Carabin, du Morne Capot, voire de Maxime, pour la complimenter dans la cour de terre battue de la demeure de Man Yise. Cette dernière est catégorique :

« Ce petit mouscouillon-là doit rester avec moi encore un an ou deux. Je vous le remettrai lorsqu'il aura pris une conduite. »

Si bien que tes parents s'adonnent à de

grands voyages transatlantiques, sur les paquebots *Colombie* ou *Antilles*, dont ils te rapportent
d'extraordinaires reproductions en miniature.
Tu mignonnes les coursives et les ponts, rêvant
au départ. Non point au voyage mais au départ,
à la foule massée sur le quai qui agite ses mouchoirs en madras tandis qu'un chanter
déchirant arrache à tout un chacun une avalasse
de larmes. Ta mère te l'a raconté cent fois ce
départ, à chacune de ses visites. Elle non plus ne
connaît pas l'oiseau-Cohé et se rit de tes
frayeurs. Grand-père s'encolère :

« Ton père fait l'école, ta maman fait l'école,
alors toi, petit chabin, tu feras l'école aussi. Ne
commence pas à emplir ton esprit de ces couil-
lonnaderies de vieux nègres à chiques. Hé Yise,
écoute, cesse de jacoter dans la tête du petit
bonhomme, eh ben bondieu ! »

Derrière son apparente jovialité, tu devines
toute une cargaison de tristesse. Notre valetaille
a coutume de proférer d'un air énigmatique :
« Papa Loulou est chimérique. »

Dans notre parlure, ce mot renvoie à de
brusques éclairs qui ennuagent soudain le
regard de celui qui est en train de vous entretenir de propos dénués d'importance. Sans doute
regrette-t-il ce temps de l'antan où sa distillerie
fumait et où il livrait des dames-jeannes pleines
d'un rhum cristallin au Blanc-pays Augier de
Médrac. Aujourd'hui, ce n'est plus qu'une

ruine, certes grandiose avec sa roue à aube qu'actionne encore l'eau d'une source babillarde envahie par l'herbe-à-Marie-honte (celle que la pudeur fait se fermer au moindre toucher). Man Yise t'en a interdit l'accès : des serpents-fer-de-lance viennent soi-disant y muer au finissement d'octobre. Ou plutôt aux approchants de mars, quand les glissérias feuillissent avant de tapisser le sol de la tendresse violette de leurs fleurs.

Les machines rouillées, les roues dentelées, les cuves inviolables sont devenues ton royaume secret. Tu démontes les roulements à bille pour en extraire les canniques qui te permettraient de ficher des pluches mémorables à tous les négrillons de Macédoine et même à Sonson, leur maître-savane, qui dépasse la garçonaille de deux têtes et qui aime à exhiber son braquemart pour le mesurer à celui d'autrui. En ces moments-là, il ne nous reste plus qu'à battre en retraite, la figure empreinte de vergogne.

Un jour, tu crois surprendre l'oiseau-Cohé. Une ombre volette sous la voûte de pierre de la distillerie, tournevire sur elle-même et pousse un cri. Hélas ! Il ne s'agit que d'une chauve-souris-Djambo, celles qu'Hermann mange volontiers parce qu'elles ne se nourrissent que de fruits, contrairement aux autres, plus petites, qui attendent la chute du soleil pour entamer leurs courses-courir fantasques dans le ciel.

Grand-père a attendu quatre-vingt-deux ans le chant de l'oiseau-Cohé.

Femme de hauts présages, Man Yise ne sourit plus depuis un bon paquet de jours. Elle ne l'interbolise plus, son homme, lorsqu'il oublie de se propreter les pieds en revenant de son jardin. Elle l'appelle « Loulou » et non « Misyé-a » (Monsieur). Elle veille à ce que son tabac soit toujours à portée de main. Quand il fait la sieste, elle nous ordonne d'aller jouer le plus loin possible et ceux qui dérespectent cette injonction reçoivent force coups de balai-coco sur le dos. Papa Loulou n'a rien soupçonné. Il continue à se lever au devant-jour, à seller Avion, son cheval marron si fougueux que le béké de Valminier a voulu l'acheter à maintes reprises contre etcétéra d'argent, et à disparaître dans la campagne Dieu sait où. D'ordinaire, Man Yise ronchonne :

« *Hon ! Nonm-taa dwé ni an zitata nan kòy. Sa i ka valkandé toupatou fè ki a ?* » (Hon ! Ce bougre-là doit avoir un esprit dans le corps sinon pourquoi il cavalcaderait partout de cette façon ?)

— *Papa Loulou konnèt sa i ka fè* » (Papa Loulou sait ce qu'il fait), déclare Léonise, notre servante, avec la totale impertinence que lui confère l'imposance de ses formes.

Elle arbore des fesses très haut plantées qui bombent ses robes toujours trop étroites. Ses seins — elle travaille plus souvent que rarement en hausse-seins rose afin de pouvoir éponger plus facilement ses aisselles — déclenchent des regards lubriques chez les clients de notre case-à-rhum. Coupeurs de canne, charroyeurs de bananes, muletiers, maréchaux-ferrants, charpentiers, chauffeurs de camion ou ouvriers du moulin à farine de manioc de Fond Gens-Libres, tous s'acclientent chez nous, même s'il leur faut accomplir parfois des trajets démentiels, juste pour saliver sur la rondeur de son buste lorsqu'elle se penche à leur table à l'instant sublime où elle verse la goutte de sirop dans leur punch.

« *Léwoniz, ou kay mò vyéfi, ou pa lé ba konpè Milo gouté an ti mòso adan vyann frè'w la ?* (Léonise, tu finiras vieille fille, ma chère, tu ne veux pas laisser compère Milo goûter à un morceau de ta chair fraîche par hasard ?)

— *Tchip !* » (Claquement de langue intraduisible qui signifie à l'importun qu'il n'a qu'à bien se tenir, s'il ne veut pas qu'elle injurie sa mère ou sa marraine devant tout le monde.)

Ils écoutent, alors, Clémence, l'une des sept filles de Man Yise, ta tante Clémence aux cheveux couleur de mangue-zéphirine qui écrit aux journaux d'En France pour se procurer un mari blanc aux yeux bleus. Elle accompagne la voix d'Édith Piaf, qui jaillit mystérieusement du gramophone :

« Sous le ciel de Paris
s'envole une chanson
Elle est née d'aujourd'hui
dans le cœur d'un garçon
Sous le ciel de Paris
marchent des amoureux
leur bonheur se construit
sur un air fait pour eux. »

En ce temps-là, l'exact mitan de notre siècle, oui, nos femmes étaient redoutables. Le pulpeux était la seule aune de la belleté, la maigreur unanimement décriée. Quand elles marchaient, leurs fesses avaient un roulis qui proclamait : *« Mi ta'w ! Mi ta mwen ! »* (Voici pour toi ! En voici pour moi !) Aujourd'hui où sont passées leurs croupières si troublantes ? Elles les ont mises à la banque, comme aurait dit Papa Loulou si l'oiseau-Cohé ne lui avait pas fermé les yeux pour l'éternité.

Une fois par mois, le père Stégel, un Alsacien à ce qu'il paraît, monte à dos de mulet jusqu'à Macédoine pour dire la messe à la mécréance de l'endroit. La chapelle, prêtée par grand-père, au nom de l'Alsace-Lorraine et non point en celui de Dieu auquel il ne croit pas, est la pièce où il fait les comptes de son habitation et la paye de ses ouvriers, le samedi de beau matin.

Les deux hommes se saluent de façon militaire et brocantent quelques souvenances de la guerre de 14-18. Papa Loulou se montre très fier de sa Croix de guerre qu'il lustre avec soin avant de l'épingler à son costume de drill, dès qu'il apprend la venue de l'ecclésiastique. Pendant l'office, il tient le comptoir de notre boutique et sert à tour de bras demi-livres de cochon salé, quarts de beurre rouge, paquets de cigarette Mélia ou casseroles de lentilles, sans rien noter sur les carnets de crédit. Il marmonne entre ses dents :

« Mondyé ! Hon, Mondyé ki sa yo ka palé mwen la-a ? » (Dieu ! Hon, de quelle espèce de Dieu me remplissent-ils les oreilles ?)

Évidemment, à onze heures, une manière de guerre pète nettement-et-proprement entre les deux vieux-corps. Man Yise lui reproche ses blasphèmes, s'indigne qu'il ne réponde pas aux tentatives de conversion de l'abbé ; lui, il la traite de ravet d'église, de bondieuseuse et d'autres qualificatifs de même acabit.

« Ou kay mò an jou, va ! (Tu mourras bien un de ces jours !) conclut Man Yise, vengeresse.

— *Kité lanmò la i yé a, masoukrèl ! Mwen menm sé lè man kriyé'y, i ké fè tan vini, ou tann sa mwen di'w la ! »* (Laisse la mort tranquille, mégère ! Elle viendra quand je l'appellerai, pas avant !)

Léonise tente de limiter l'ampleur des dégâts en déduisant du niveau des sacs de riz ou de lentilles combien de demi-calebasses il a pu servir et surtout à qui. Ces approximations sont source, dans les semaines à venir, de contestations homériques au cours desquelles la câpresse a toujours le dernier mot grâce à sa vitalité débordante. Boutique, case-à-rhum, cuisine, jardin potager, poulailler, tout cela est sous sa direction, Man Yise ne faisant que superviser avec des airs de douairière. Sa vue baissant, elle ne parvient d'ailleurs plus guère à déchiffrer les carnets de crédit qui s'alignent sur la plus haute étagère, derrière le comptoir.

Léonise a coutume de te gouailler : « Co-hé ! Co-hé ! »

Son imitation du cri de l'oiseau de la Mort semble parfaite jusqu'au soir où tu l'entends pour de vrai. Nous, la marmaille, nous n'avons pas su, nous non plus, déceler le présage de notre grand-mère. Nous la savons souvent bougonne lorsque ses rhumatismes aux jambes la chiquenaudent. Elle nous tarabuste toujours le matin pour nous forcer à ingurgiter la timbale d'eau de café qu'elle nous a préparée. Nous nous gourmons avec elle tant qu'il en reste une goutte et nous nous égayons, telle une tralée de merles, avant qu'elle ne se décide à nous attraper un à un et à nous placer sous le bambou qui convoie l'eau froide de la source Fourniol, près du bassin qui est adossé à la cuisine. Quand elle tient Roland, ton cousin, elle le décrasse au savon de Marseille tout en pestant contre ses cheveux crépus. Myrtha, sa sœur, Jojo, son fils adoptif et toi-même en profitez pour prendre la discampette dans les halliers, insoucieux des pieds de piquants qui chiquetaillent la peau.

Le rituel du bain a cessé depuis une semaine sans que nous nous en apercevions, trop heureux que nous sommes d'aller dépecer le pied des mangots-bassignac de maître Honorien avant nos petits voisins.

« Sa Man Yiz ka katjilé a ? » (A quoi donc réfléchit Man Yise ?) se demande à voix haute Léonise.

Soudain le serein se fige, drapant le ciel d'une sorte de torpeur grisâtre qui impose le silence à la volaille et aux cabris-des-bois. Nous sommes en train de disputer une partie de triangle dans le chemin et Sonson, notre meilleur camarade de jeu, s'énerve de ne pouvoir nous arracher une seule agate. Il demeure bouche ouverte, bras ballants, comme désarmé. Roland et toi qui êtes accroupis pour mieux surveiller la course de son agate, ne pouvez vous redresser.

Koo-héé ! Koo-hééé ! Koo-héééé !

Tu as longtemps guetté l'envol funèbre de l'oiseau-Cohé. « Il peuple de son spectre la prophétie des nuits », dit le Poète. Tu veux bondir jusqu'à la maison et clamer ton triomphe. Tu vois, Papa Loulou, j'ai raison ! Tu as entendu,

Léonise, l'oiseau de la Mort existe ! Mais tu es incapable de remuer un seul de tes membres. Le cri est descendu de la plus haute branche d'un figuier-maudit, est tombé sur la terre puis s'est propagé en échos terrifiants jusqu'aux cases ultimes de notre hameau.

Koo-héé ! Kooo-héééé !

Sur notre véranda, Man Yise se tient debout, roide, digne, quoique fragile. Elle semble contempler le vide de la cour. Ses mains seules trahissent son émoi, ses mains chiffonnent son vieux mouchoir de tête-cocozaloye. Cette image reste pour toi celle de la solitude la plus immense.

« Rentrez, marmaille, fait-elle d'une voix lasse, votre grand-père vient de passer. »

LA VEILLÉE

La mort est parmi nous autres l'occasion d'une bamboche sans nom.

Une fois le corps de Papa Loulou propreté par Annaïse, la laveuse de cadavres, Man Yise oublie sa douleur et, s'aidant de Léonise ainsi que d'autres voisines, dispose des tables sur la véranda et dans la cour. Elle se précipite ensuite aux cuisines afin de préparer le festin. Hermann tue quatre coqs, quelques lapins bien gras, charroie moult caisses de rhum et de bière Lorraine. Puis, il pose des boîtes de jeux de dames et de dés sur chacune des tables.

Très tôt, les quatre familles de bien de Macédoine, pour la plupart mulâtres, viennent, en costume sombre et cravate, saluer Man Yise. Ces créatures pleines de gamme et de dièse s'approchent du pied du lit où repose Papa Loulou et, trempant une branche de persil dans un bocal d'eau bénite placé sur une chaise, aspergent par trois fois le corps. Sur le tard vient la négraille, les coulis aux cheveux luisants et Assad, le Syrien du bourg de Grand-Anse, dont la camionnette bâchée est pour nous, la marmaille, un véritable trésor.

On ne nous a pas permis de voir Papa Loulou. Tante Emérante, hiératique dans sa gaule blanche, monte une garde implacable à l'entrée de la chambre mortuaire. Quand nous tentons de nous faufiler entre les jambes des veilleurs, elle nous repère aussitôt et nous renvoie en nous halant par les oreilles. Myrtha, pourtant la plus jeune d'entre nous, pleure, prostrée sur une chaise en paille. Roland égrène entre ses doigts son lot d'agates devenues inutiles. Toi-même, tu es encore sous le choc du chanter funèbre de l'oiseau-Cohé, lorsqu'une odeur entêtante, ni désagréable ni douce, une odeur de fleur de magnolia qui aurait chu et pourri dans le purin de cheval, te prend à la gorge.

L'odeur de la mort !

Ce n'est ni la fragrance un peu trouble de l'encens, ni les senteurs pourvoyeuses d'émoi des chrysanthèmes. Ni celle du crésyl avec lequel Léonise a récuré la chambre. Ni celle de l'eau de Cologne de Man Yise. C'est bel et bien celle de la mort. Tu n'en as jamais parlé à personne mais il arrive aujourd'hui, qu'au débouché d'une rue ou d'un corridor, tu la sentes monter à tes narines, interrompant d'un seul coup tes pensées et t'obligeant, plus souvent que rarement, à presser le pas.

L'odorat n'est-il pas le sens qui possède la plus longue mémoire ?

Man Yise t'appelle à la cuisine pour l'aider à essuyer les verres de cristal qu'elle réserve aux Grands Blancs. De Valminier, le fou de chevaux, est déjà là mais il s'agit d'un béké-goyave, si-tellement débanqué, pauvre diable, que Radio-bois-patate prétend que ses poches sont une aubaine pour les courants d'air. En toute simpli-cité, il s'est attablé avec l'une des familles mulâtres, dans un angle de la véranda, et hâble déjà à propos de sa passion. Ses interlocuteurs, maîtres d'école, commerçants, géomètres ou infirmières, l'écoutent avec politesse, modéré-ment intéressés par ses vantardises de palefre-nier. De Valminier exerce, en effet, cette fonc-tion sur l'habitation du Grand Blanc de Cassagnac, sise à Moulin l'Étang. Ce dernier vient faire un bref acte de présence, sans même pénétrer sur la véranda, jugeant probablement qu'il y a trop grand concours de nègres en cette demeure.

Des coupeurs de canne fessent des dominos sur le bois des tables avec des exclamations joyeuses. Léonise leur sert du tafia sans disconti-nuer et répond par des gigotements égrillards à leurs plaisanteries ou à leurs attouchements. Compère Milo, à califourchon sur un tambour-bel-air, bat en sourdine, les yeux mi-clos, dans l'attente que le bon rythme s'impose à ses

doigts. Sonson, le chef des négrillons de Macédoine, a organisé une zouelle-poursuite entre
les tables, au sein de laquelle tu te trouves
embrigadé d'emblée. Sur les neuf heures du
soir, maître Honorien se lève et sa haute stature
semble déverser une nappe de silence sur la
veillée. Il ôte son chapeau-bakoua, fait une révérence en direction de la pièce où Papa Loulou
repose et déclare :

« Mesdames et messieurs de la compagnie,
honneur et respectation pour l'homme Louis
Augustin que la mort a barré sans lui demander
la permission-s'il-vous-plaît.

— Yééé-Krak !...

— La mort est un pays sans frontières, messieurs et dames, et ce pays-là commence au
mitan de nous-mêmes, Krik !

— Krak !

— Devinette ?

— Bois-sec ! fait rituellement l'assemblée des
veilleurs.

— Nous quittons Paris pour aller à Marseille.
Nous étions deux pères et deux fils. Combien
de personnes ça fait ?

— Trois ! lance Géfrard. Un père, un fils et le
fils de ce dernier.

— Devinette ? reprend le conteur, les yeux
chavirés par l'ivresse de sa propre parole.

— Bois-sec !

— Je travaille lorsque je suis grand, je meurs
lorsque je suis petit ?

31

— Une bougie ! » lance, triomphant, un charroyeur de bananes.

Alors maître Honorien se place entre la véranda et la cour et demande :

« Commère Emérante, tu es parée, foutre ?

— Oui, mon cher.

— Messieurs, j'ai besoin de trois hommes moins un d'entre eux pour m'aider à transporter compère Loulou parmi nous. Que celui qui se sent vaillant lève la main. »

Dix, vingt mains se dressent d'un coup mais seuls le père de Sonson, le maréchal-ferrant et Hermann sont désignés. Le conteur et eux pénètrent dans la chambre mortuaire où, brusquement, tante Emérante, Man Yise et plusieurs de ses sœurs éclatent en sanglots. Les hommes soulèvent avec délicatesse le cadavre après lui avoir introduit des boules de coton dans les oreilles et dans le troufignon, l'installent sur sa dodine et l'emmènent au-dehors. On allume alors des torches en bambou que l'on accroche aux poutres de la boutique. Les veilleurs viennent un à un serrer la main de grand-père, chacun proférant une parole de son gré.

« Sacré verrat, tu m'as volé ma virginalité quand je n'avais que douze ans sur ma tête, dit en riant une bougresse de Fond-Massacre, maintenant, ton bâton va pourrir dans la terre, ha ! ha ! ha ! Hein, Loulou ? Le sucre de ta verge va servir de friandise aux vers de terre. »

L'assistance éclate de rire et des allusions salaces fusent au sujet de la vertu de la dame. Un bougre, tellement noir qu'il semble peinturé de bleu, bredouille avec des gestes macaques :

« Pa'don, mussieur Loulou, je te devais deux mille et quelques francs et j'allais te les remettre, patron... Je te jure sur la tête de ma marraine, j'allais te les remettre mais à présent qu'en feras-tu, hein ? Ha ! Ha ! Ha ! Tiens, voilà dix sous, je les mets dans ta poche. C'est un acompte, je t'apporterai le restant quand le Bondieu voudra que je te rejoigne sous la terre. »

Tout le monde s'esclaffe. Tu t'approches du corps rigidifié par la mort et une insupportable tremblade s'empare de toi. Tu ne peux détacher tes yeux de ses bras, jadis si puissants, qui pendent maintenant, dérisoires, des deux côtés de la dodine. Maître Honorien ouvre avec précaution la bouche de Papa Loulou et lui souffle une parole inaudible à l'intérieur. Puis il se saisit d'une bouteille de tafia, dont il verse quelques gouttes à terre en disant « *Ago lé-mô !* » (Respect pour vous, ô Morts !), ouvre encore plus grand les mâchoires du cadavre et dévide en lui une bonne gavée du liquide ambré sous les vivats de l'assemblée.

« *Bwè, mon boug, anba latè pa ni plézi, non !* » (Bois, mon vieux, sous la terre, il n'y a point de plaisir !), s'écrie-t-il d'un ton grave.

Et tandis que le maréchal-ferrant et Hermann ramènent le corps dans la chambre, le conteur s'empare à nouveau de la parole pour dérouler le vertige d'un conte où compère Lapin use de mille ruses pour couillonner une fois de plus compère Zamba, l'éléphant. Il est si comique lorsqu'il imite, de ses deux index pointés, les oreilles de compère Lapin que tu ne peux refréner un sourire qui, vite, se mue en franc éclat de rire, lorsqu'il va se dandiner pour mimer la démarche de ce gros mastoc de Zamba. Maître Honorien, si terne dans la vie de tous les jours, en est transfiguré. Il avance tel un prince sur le drap ourlé d'or de sa propre parole et on est forcés d'en subir le charme, même celles d'entre les femmes qui s'en défendent.

Autour de la véranda, la nuit se fait plus noire. Elle pèse d'un poids plus lourd sur tes épaules. Elle est menace, source de tous les maléfices, antre insondable que la lueur des torches de bambous parvient à peine à tenir en respect. Tu t'épuises à suivre les péripéties du défilé de contes que maître Honorien va tenir jusqu'au devant-jour, mais tu ne retiens rien d'autre que les saccades de ses mots, la fulguration indomptée de son dire.

Plus tard, tu apprends, au tournant d'une conversation anodine entre deux vieux zigues à Papa Loulou, qu'aucun autre conteur n'a osé défier maître Honorien de peur de se faire ridiculiser. Ils ne voulaient pas que le vieux mulâtre emporte dans l'au-delà une image trop malplaisante de leur personne. A ce qu'il paraît, le maître de la Parole de notre campagne a porté au plus haut point ce soir-là son art de tisser les rêves et d'apprivoiser la mort.

CHABIN

Notre voisine Hermancia (Man Cia pour ses ennemis intimes) est d'une mauvaiseté rare. On l'a toujours connue ensouchée dans une solitude pleine de défi, une pipe en terre à la bouche, le regard insolent et le verbe dévastateur. Certains la soupçonnent de s'adonner aux maléfices du quimbois pour la bonne raison qu'elle connaît les usages des plantes les plus insolites et surtout qu'elle a pouvoir de distinguer des présages dans l'envolée subite d'une grappe d'oiseaux-cayali ou dans le changement de couleur des nuages. Man Yise prétend qu'elle refuse de soigner l'éléphantiasis qui lui enfle les deux jambes, exprès pour impressionner le monde.

Pour de bon, son pas lourd déclenche en toi une terreur irrépressible. Si tu joues dans le chemin de roches, te voilà figé, feignant d'être absorbé par quelque petite bête à même le sol. Ou tu t'enfuis à la vitesse du mèche, ton cœur chamadant à te déchirer la poitrine. Man Cia te dérisionne :

« *Ou pè mwen ! Ha-ha-ha !* » (Tu as peur de moi ! Ha-ha-ha !)

Longtemps, tu l'as entendue des après-midi entières serinant les mêmes comptines et tu as cru qu'elle cachait un bébé dans les ténèbres de sa chambre :

« *Dodo fillette*
Sainte-Élisabeth
Si tu ne veux pas dodo
Le gros diable va te manger. »

Sa voix, empreinte d'une incroyable doucine, te fige sur place et tu te surprends à l'écouter des heures et des heures, refusant d'aller à la pêche aux écrevisses-zabitan avec les autres petits bonshommes. Comment une négresse si grosse, si bleue, si laide, si mauvaise en âme peut-elle dispenser un chant si plein de tendreté ?

Man Cia prépare des bols de farine de manioc mélangée à de l'eau sucrée qu'elle dépose sur le rebord de sa fenêtre.

« Hooon ! C'est bien, mon bébé, c'est bien, mon petit bébé. Il te faut manger pour devenir une belle "fifille" qui fera plaisir à sa manman », clame-t-elle.

Lorsque tu demandes à Man Yise pourquoi

on ne voit jamais le bébé de Man Cia, elle te fiche une calotte comme d'habitude. Léonise, pour sa part, te lance une sentence :

« Tout manger est bon à manger, chabin, mais toute parole n'est pas bonne à dire. »

Alors, du haut de tes six ans, tu enfreins cette loi de céans qui veut que les affaires des grandes personnes sont les affaires des grandes personnes et que les affaires de la marmaille sont les affaires de la marmaille. Tu fais le tour de la case de Man Cia, du côté où les halliers de pieds de goyave et de piquants peuvent dissimuler ta personne et, avec patience, tu creuses un trou dans le bois de sa case à l'aide d'un clou rouillé, de ceux qui servent aux maréchaux-ferrants à fixer les fers aux chevaux. Ce n'est guère difficile, car les poux de bois qui y gîtent ainsi que l'humidité permanente de l'endroit ont déjà bien ramolli la paroi. La première fois, tu ne vois que du faire-noir et une ombre éléphantesque qui s'y agite. Le lendemain, tu attrapes un « gros-yeux ». Tes paupières se gonflent et le blanc de tes yeux vire au rouge. Incrédules mais soupçonneuses, Man Yise, tante Emérante et Léonise se hâtent de te mettre des compresses chaudes sur la figure, de te faire boire une purge et de t'asperger d'un brin d'eau bénite. Tu les entends murmurer entre elles :

« Espérons que c'est quelque moustique qui lui est entré dans les yeux ! Prions le Bondieu pour que ça soit ça... »

La grosseur change d'œil le lendemain, te lancinant d'une manière telle qu'elle t'arrache de petits chignements de douleur, et, final de compte, disparaît comme elle est venue, au bout du cinquième jour.

Tu mets un bon paquet de temps avant de t'aventurer à nouveau derrière la case de la quimboiseuse, d'autant qu'elle n'a rien changé à ses habitudes. Elle reçoit toujours, à la nuit tombée, des cohortes d'âmes en peine à la recherche de remèdes-guérit-tout, d'herbes-à-tous-maux et autres potions abracadabrantesques. Comme elle continue à s'éclairer à la bougie, sa case ressemble à une caverne mystérieuse où vont et viennent des créatures étranges occupées à d'interminables conciliabules.

« Bien fait que Dieu lui ait ôté son enfant à celle-là ! » grommelle tante Emérante, avant de clore hermétiquement les persiennes qui donnent sur la case de Man Cia.

Tu mets du temps aussi à comprendre pourquoi cette négresse-tête-sec ne manque jamais de rien, alors que personne ne peut se vanter de l'avoir vu s'embesogner quelque part. Elle n'a jamais coupé la canne à sucre, ni ramassé des ballots de linge sale pour les battre sur une roche plate de rivière. Le jour, elle dorlote son bébé en lui parlant dans le français brodé d'En France ; la nuit, elle dévie le cours du destin en

créole contre espèces sonnantes et trébu-
chantes. Souventes fois, elle te hèle pour que tu
ailles lui acheter deux francs-quatre sous de
marchandises à la boutique et toi, tremblant, tu
obéis, déposant avec des précautions exagérées
la chopine d'huile, ou la musse de rhum, ou la
roquille de tafia (« Ah pour ça, elle en tète du
tafia ! » gouaille Léonise) sur le banc de bois qui
lui sert de trône à la devanture de sa case.

« Pa pè ! Pa pè, non ! » (N'aie pas peur !)
t'encourage-t-elle, mais tu tournes les talons
dans l'instant même pour devenir la risée de
Sonson et des négrillons du quartier qui, tout
en craignant Man Cia, refusent de lui rendre
service avec la dernière des insolences. Elle a
ainsi promis au maître-savane de lui couper son
braquemart s'il continue à le lui exhiber chaque
fois qu'elle le sollicite pour faire une « petite
commission ».

Dix fois, vingt fois tu rassembles toutes les
forces de ton cœur et te mets en marche vers
l'arrière-case de la quimboiseuse sans pouvoir
vraiment atteindre ton but. Au moment de
pénétrer dans les halliers, tu entends les mulets
ruader dans leur enclos où tu vois le soleil courir se serrer avec brusquerie, aspirant toute
lumière. Un temps si long s'écoule (mesuré en
impatience enfantine bien sûr et non d'après le
calendrier) que des cheveux blancs mou-
tonnent sur le crâne de Man Cia et qu'un

cyclone passe avec rage sur la terre, dispensateur de dévastation et de souffrances. On s'étonne que la fragile demeure de notre voisine n'ait subi aucun dommage alors que chez nous-mêmes, bien que Man Yise ait allumé un cierge de la Chandeleur, il faut refaire la toiture de la cuisine et réparer une bonne partie de la véranda.

Ayant survécu au tonnerre, aux virevoltes des vents, aux avalasses de pluie et aux torrents de boue, tu te sens vaillant, assez vaillant pour t'accroupir devant le trou que tu as creusé dans la paroi de la case de la grosse dondon. Elle chantonne son sempiternel :

« Dodo fillette
Sainte Élisabeth... »

Ton œil voyeur n'a rien le temps de distinguer. Un pot de chambre d'Aubagne se renverse sur ta personne, te peinturant d'un pissat jaune qui a dû y dormir plusieurs jours. Ton hurlement fait duo avec une dévalée d'imprécations qui tigent de la bouche édentée de Man Cia :

« Sakré vyé chaben ki ou yé ! Sakré chaben prèl si !
Chaben, tikté kodenn ! Chaben tikté kon an fig mi !
Foutémwalikan, chaben sé an mové ras Bondyé pa té
janmen dwèt mété anlè latè ! » (Espèce de mauvaise race de chabin ! Espèce de chabin aux poils

41

suris ! Chabin au visage tacheté comme un coq d'Inde ! Chabin tiqueté comme une banane mûre ! Fous-moi le camp, les chabins sont une mauvaise race que Dieu n'aurait jamais dû mettre sur la terre !)

Le mot te pétrifie pour la première fois de ton existence : chabin ! D'ordinaire, il est prononcé avec gentillesse par ceux qui t'entourent, encore qu'il t'est arrivé de t'étonner qu'on te désigne toujours par ce vocable tandis qu'on ne dit jamais « noir » ou « mulâtre » à tout propos aux gens de cette complexion. Tu sens confusément que le chabin est un être à part. Nègre et pas nègre, blanc et pas blanc à la fois. Toutefois, tu ne t'es pas encore rendu compte de l'ampleur de la distance que la couleur de ta peau et de tes cheveux crée entre les gens du commun et toi.

Après le babillage de Man Cia, tu cours te réfugier dans les pans de la robe créole de grand-mère et tu hoquettes :

« Je veux être comme tout le monde...

— Ah !... c'est pas possible, pauvre petit bougre, puisque tu es un chabin.

— Un chabin, c'est quoi ? » as-tu demandé.

Man Yise demeure pensive un court moment puis éclate d'une feinte colère :

« Mais, Bondieu-Seigneur-la-Vierge-Marie, qu'est-ce qui m'arrive là ? Qu'est-ce que je vois devant moi là : un chabin mol ? Mais c'est impossible ! IMPOSSIBLE ! Un chabin, ça crie, ça trépigne, ça frappe, ça injurie, ça menace. Jamais ça ne mollit, mon vieux ! »

De ce jour naît ta férocité.

Sonson, le négrillon arrogant, perd en deux-trois coups de poing bien sentis son titre de maître-savane et tu te mets à commander à la troupe de petits vagabonds de Macédoine et Fond Gens-Libres qui rapinent les vergers et s'attaquent aux plus belles cannes-malavoi des plantations des Blancs. Tu te gonfles d'importance lorsqu'une grande personne vient émettre des protestations à la boutique :

« *Mi mové chaben, fout !* » (Quel mauvais chabin, foutre !)

Tu te rassures en ton for intérieur dès que le plus petit doute menace de t'assaillir : « Je suis un chabin. Un chabin, c'est raide ! C'est fort ! C'est méchant ! Le monde entier craint les chabins. Nous sommes une race de mâles-bougres. » Mais, certains soirs, sur ton oreiller, quand il ne sert plus à rien de bravacher devant tes pairs, tu laisses des larmes tièdes sinuer sur les pommes de ta figure. Au matin, tu contemples ton tiquetage de coq d'Inde, autrement dit tes taches de rousseur, devant le miroir de la salle de bains. Tu as beau les presser, les purger de toutes tes forces, rien n'y fait : tu demeures la pire espèce de vieux chabin laid.

Man Cia, pourtant, a retrouvé son équanimité

habituelle et ne te sarcasme jamais plus, laissant ce rôle aux négrillons envieux de Macédoine. Fils des ouvriers agricoles de Papa Loulou, ils ne sont aucunement dupes de l'amicalité que tu leur portes et des sucreries, volées à la boutique, que tu partages avec eux au bord de la ravine Courbaril. Ils savent que, tout comme leurs frères aînés, ils seront jetés, qui dans les pièces de canne, qui dans les bananeraies pour un salaire d'une telle dérisoireté qu'on a fini par lui bailler en créole le nom de « monnaie de corde ». Quant aux petits coulis, ils ne protestent presque jamais lorsque leur équipe de football marque un but à la nôtre et, que, plein d'autorité, te saisissant de la boule et la plaçant au centre du terrain, tu lances :

« Ça, c'est un but couli, les hommes, il est pas valable ! Allez, on recommence le match zéro à zéro. »

Tu rêves en secret de former une équipe entièrement chabine car tu es sûr et certain qu'elle serait invincible mais, bien que le quartier de Macédoine soit surnommé « pays-Chabin », ta parentèle n'est pas assez nombreuse pour y parvenir. Alors tu places ta mauvaise race aux postes les plus prestigieux (du moins à tes yeux), ce qui veut dire avant-centre, gardien de but ou arrière-central, n'accordant aux petits nègres que le reste, sans qu'eux aussi, étouffant de colère rentrée, osent décontrôler tes ordres.

Même certaines grandes personnes semblent te craindre, comme hypnotisées par la soudaine rougeur de ta peau lorsqu'une sacrée colère te prend et qu'elles pensent que tu t'apprêtes à faire un tonnerre-de-dieu. Elles lâchent en tournant les talons :

« *Pa mwen épi chaben-taa !* » (Hou là-là, ce chabin-là, très peu pour moi !)

On t'a appris, tonnerre de Brest, à devenir chabin. Mauvais chabin...

COMMUNISSE,
CATÉCHISSE ET GRÈVE

Après la disparition de Papa Loulou, Man Yise se conduit comme une mâle femme. Elle prend en main les rênes de l'habitation et remet en culture plusieurs parcelles réservées à la banane que nous possédons au Morne Capot. Elle innove même, le samedi après la paye, en rassemblant dans la cour les travailleurs méritants de la semaine pour leur distribuer des morues salées entières qu'elle extrait de grandes caisses jaunes (marquées « Portugal » ou « Norvège ») ouvertes au fur et à mesure par Hermann, notre valet. Tout le monde lui baille la même respectation qu'à notre grand-père et personne ne s'avise de discutailler ses ordres. Même Léonise semble devenir moins taquine. Il est vrai que, le lendemain de l'enterrement, elle s'est installée dans la cahute d'Hermann sans demander l'autorisation à sa maîtresse.

Man Yise, qui est la générosité faite femme, se montre scélérate avec Moutama, le seul Indien de Macédoine. Selon elle, cette race-là « est la dernière des races après les crapauds-ladres, pire que les Nègres-Congo, ce qui est tout dire ».

« Ils n'ont qu'à rester dans leur trou de Basse-Pointe et de Macouba, maugrée-t-elle, pourquoi viennent-ils nous emmerder ici avec leurs mœurs malpropres, hein ? »

Moutama est si maigre qu'on dirait une mante religieuse. Ses longs cheveux d'huile lui tombent sur le front sans parvenir à cacher deux prunelles brillantes et énigmatiques. Il est avare de paroles et subit sans broncher les avanies de Man Yise. Lorsque c'est son tour de s'approcher de la table où elle distribue la paye, elle trouve toujours une mauvaise raison pour lui ôter deux francs et quatre sous. Tantôt il s'est servi un punch plus important que la normale à la case-à-rhum, tantôt il a abîmé ou égaré quelque outil. Tantôt c'est parce que simplement, il « est un vieux couli mangeur de chien ! »

Man Yise semble disposer d'un lot inépuisable d'injures à l'encontre des Indiens :

« Couli mendiant ! »

« Couli balayeur de caniveau ! »

« Couli aux pattes fines ! »

« Couli qui pue le pissat ! »

Quand elle philosophe l'après-midi avec son amie-ma-cocotte Ida, négresse joviale originaire du Morne Céron, derrière la maison, royaume d'un ombrage apaisant, elle grognasse parfois :

« J'ai tout pardonné à Loulou dans sa vie, foutre ! mais s'il y a quelque chose qui m'est resté sur le cœur, c'est l'enfant qu'il a fait avec cette coulie de Basse-Pointe. D'ailleurs, elle n'a pas eu le toupet d'accourir à son lit de mort comme les autres. Tu te souviens, chère, Man Herminie, qui est amarreuse de bottes de canne sur l'habitation Assier, était là avec ses trois garçons, Man Félicité aussi — celle-là est bréhaigne —, Man Victoire qui fait l'intéressante parce qu'elle a une mercerie au bourg — il lui a baillé une fille à grands cheveux —, Man Titine qui m'a offert un bon coup de main pour cuire le repas de la veillée et même toi, Ida, tu étais là. Ha-ha-ha ! Foutre que tu es vicieuse, chère, me prendre mon homme pendant que j'étais malade, hein ? Ha-ha-ha !

— Loulou était un sacré coq-calabraille, chère ! rétorque sa commère, rêveuse.

— Bande de petits polissons ! Cessez d'écouter les paroles des grandes personnes, tonnerre du sort ! » s'écrie grand-mère en nous apercevant cachés près du fût d'huile qui recueille l'eau de la toiture. Elle nous pourchasse à coups de balai-zo, feignant une sérénissime colère.

A l'approche du soir, elle appelle les enfants de Moutama et nous sert tous ensemble de larges assiettées de soupe-zabitan. Elle coiffe Laetitia, ta dulcinée, la plus jolie d'entre les coulies, la parfume avec son vaporisateur doré, lui nettoie les oreilles et les ongles tout en lui baillant baiser sur baiser. Elle a également coutume, à quelques jours de la Noël, de déterrer de dessous nos matelas toutes nos hardes devenues trop étroites afin de les offrir sans cérémonie à Man Moutama. Et lorsque nous faisons les difficiles devant les repas qu'elle nous prépare, elle nous lance :

« Gaspillez, mais oui, gaspillez, vous aller voir comment le Bondieu va vous punir ! On voit que vous n'avez pas connu le Temps de l'amiral Robert. Regardez les enfants coulis, ils ne mangent que de la farine de manioc mélangée à de l'eau sucrée matin-midi-soir. Pauvres petits diables ! »

Un jour de carême si-tellement raide que les feuilles des arbres-à-pain semblent demander pardon, le Blanc-pays de Médrac cavalcade dans notre cour, son grand cheval blanc tiqueté de noir hennissant puissamment.

« La maisonnée, bien bonjour ! fait-il.

— Qui est-ce qui cause ce beau français-là devant chez moi à cette heure matinale ? s'enquiert Man Yise qui trie des lentilles dans une demi-calebasse à la cuisine.

— Mussieur Charles-Marie de Médrac, pour vous servir. »

Man Yise s'essuie les mains à la venvole, s'attache rapidement un madras propre dans les cheveux et ordonne à Hermann de bailler une boquitte d'eau fraîche au cheval du béké.

« *Man sav ou présé*, dit-elle, *man pa ka di'w antré lakay mwen. Sa man pé fè ba'w, misyé Dè Médrak ?* (Je vous sais pressé, aussi je ne vous fais pas entrer chez moi. Que puis-je pour vous, monsieur de Médrac ?)

— *Ébé, fout ou ka rété jenn, makoumè ! Ga la Konpè Loulou té la pou i té wè'w !* » (Bon sang, comme vous restez jeune. Dommage que compère Loulou ne soit pas là pour vous voir !)

Man Yise se rengorge imperceptiblement et fourrage dans son mouchoir de tête. Compliment de Blanc vaut dix fois compliment de Nègre, comme on dit dans notre campagne.

« Dites à votre marmaille d'éviter de drivailler à Ravine Courbaril, chère, une de mes amarreuses y a été piquée par un serpent la semaine passée.

— Quoi ! Raphaël, Roland, passez ici ! s'écrie grand-mère. Toi aussi, Miguel ! Je ne vous ai pas déjà interdit d'aller sur les terres des gens, hein ?... Monsieur de Médrac, excusez-moi, ce n'est pas que je ne leur baille pas d'éducation mais la marmaille d'aujourd'hui est raide à tenir, vous savez.

— C'est pas à moi que vous apprendrez ça, chère, mon Joseph-Charles est aussi entiché de brigandagerie que les vôtres. Allez, au plaisir et bonne continuation pour la santé.

— Au plaisir ! » répond grand-mère, extatique.

Il talonne son cheval et n'est plus qu'une colonne de fumée poussiéreuse dans l'étroit chemin de pierres. Dans le même ballant, Man Yise nous attrape chacun par une aile et nous taille les fesses avec une branche de goyavier. Nous avons beau hurler notre innocence, invoquer mille prétextes aussi farfelus les uns que les autres, elle ne décesse pas de nous corriger sous l'œil goguenard de tous les petits nègres de l'endroit.

« *Bétjé pa ka palé pawòl initil* » (Les Blancs ne parlent pas pour ne rien dire), scande-t-elle à chaque coup de bâton.

Ravine Courbaril est un lieu enchanteur au creux de deux mornes que nul n'habite, un havre de doucine et de calme qui tranche avec les champs de canne à sucre et les bananeraies où l'on besogne en un perpétuel défi au soleil. Une petite rivière claire saute entre des pierres qu'on aurait juré polies et d'imposants pruniers-mombins, des pommiers-lianes et des bambous lui composent une ombre vert bleutée pleine de senteurs entêtantes. C'est là que tu comprends le sens du mot miracle, que l'abbé Stégel s'évertue à faire pénétrer dans nos têtes crépues au cours des séances de « catéchisse » qu'il nous inflige le jeudi après-midi. Ravine Courbaril t'étreint l'âme au premier regard et tu t'étonnes longtemps que rien, ni sentier, ni panneau ne l'annonce.

Nous, la marmaille, le découvrons par hasard un jour que nous aidons Sonson à retrouver un mouton en dérade. Nous demeurons le bec coi devant cet abîme de fraîcheur, n'osant descendre les pentes glissantes du morne, hypnotisés par la lumière qui semble poudroyer tout le long de la rivière. Nous y reviendrons plusieurs fois avant de nous enhardir à y pénétrer, Sonson prétendant qu'il s'agit du royaume de Manman-d'Eau, une sorte de créature diaboliquement belle, mi femme-mi poisson, qui vous charme de ses yeux verts et de son chant dispensateur d'ivresse.

C'est là que la marmaille procède aux premiers attouchements avec les fillettes du voisinage. Sonson, plus déluré, n'a cesse de susurrer toute une chauffaison de paroles au creux de l'oreille d'Artémise, l'aînée de compère Milo. Toi, tu tombes en pâmoison devant la finesse des traits et la peau violine de caïmite de Laetitia, l'aînée de Moutama. Aussi un chanter moqueur est composé exprès pour te dérisionner. Il dit : « J'ai du Mou-ta-ma dans ma ta-ba-tiè-re. »

Nous n'allons pas plus avant que la tendreté des bras, subjugués par l'immense paix que prodigue la ravine. Allongés dans les hautes herbes, nous fabulons sur nos existences et n'imaginons point notre destin hors de la France. Nous prononçons avec ferveur ce mot de « France », en

fermant nos yeux. Car en France, tout est belleté, chacun mange à sa faim et tout le monde
porte de beaux vêtements. Et surtout, on y parle
bien. Ce n'est pas comme nous autres avec notre
patois de nègres de campagne et nos mœurs
grossomodo.

Ravine-Courbaril est un avant-goût de France.

A son retour au pays, ce coursailleur de filles
de Firmin Léandor nous le confirme. Ce
bougre-là est resté à Paris après la guerre où il a,
dit-on, combattu avec vaillantise et fait fortune.
Il se présente, sans crier gare, à sa famille une
après-midi de carême, harnaché d'un costume
trois-pièces en laine et d'une cravate, un sac au
dos et une grosse valise à la main. Il arbore
d'imposantes lunettes fumées qui lui procurent
sur l'heure le sobriquet de « Bête-à-feu ». Sa
famille est saisie d'un grand boulvari qui émo-
tionne tout Macédoine. Sa mère part-court-
monte-descend le chemin de pierres en hurlant :

« Voisins ! Voisins ô ! Accourez voir mon Firmin, dites-moi s'il n'a pas fait un beau nègre ! »

Mais Man Léandor doit très vite déchanter :
son fils préfère la compagnie des enfants à celle
des grandes personnes. D'abord et pour un, il
ne s'empresse pas de trouver un travail, se
contentant de reprendre le jardin créole de son
père décédé l'année d'avant. Il ne fréquente pas
les cases-à-rhum ni les gallodromes ni les tables

du jeu de sèrbi où roulent des dés maniés avec une impressionnante virilité. Il préfère s'acoquiner avec notre bande de négrillons à laquelle il enseigne mille ruses pour couillonner les adultes. S'émerveillant de l'inventivité naturelle de Sonson, il le décrète tantôt maître ès-larcins tantôt, à notre manière créole de dire les choses, « chef-papa-voleur ». Nous tentons de le contraindre à nous parler de la France mais il fait un drôle de geste à chaque fois, comme pour écarter une mouche de sa figure, et murmure, pensif :

« Ah ! Les gens de là-bas ! Hon !... »

Tout le monde s'inquiète de notre étrange amicalité avec un bougre qui aurait dû, tout normalement, en imposer à la négraille de céans et faire étalage de sa savantise. Au contraire, il feint une extrême modestie afin de fuir les contacts avec ceux de son âge, ne réservant que de rares prédictions au maréchal-ferrant qui secoue la tête de pitié :

« *Péyi-taa pati tjou pou tèt...* » (Ce pays marche sur la tête.)

L'énigme prend fin le jour où ce maquerelleur de Morne Balai dont tu as oublié le nom, habitué de notre case-à-rhum, accourt à notre véranda en hurlant :

« Hé ! Les amis, le sieur Firmin, vous savez ce qu'il est, foutre ? Hein ? Qui est-ce qui peut le deviner ? »

Aussitôt un petit attroupement se forme autour de lui et, fier de l'intérêt qu'il provoque, il nous fait languir. Sa voix de fausset agace encore davantage tante Emérante qui n'a cesse de le traiter de « femme » ou pire de « sacré macommère ». Elle lui sert une mesure de tafia digne d'un mâle-homme, dans l'espoir que cela lui coupera le caquet.

« Firmin... Fir... Firmin est co... communisse ! hoquette-t-il.

— Communisse ! » s'exclame le monde qui manque de chavirer-tomber sur les fesses.

Tu ne sais pas pourquoi mais ce mot te fait frémir. Comme « catéchisse ». Encore plus que « catéchisse ». Tu te réfugies d'instinct dans les pans de la robe créole de Man Yise qui te repousse avec douceur et déclare :

« Eh ben bon ! Bon ! Il ne nous manquait plus que ça à Macédoine !... Voisine ô ! Voisine ! *Kouman, ou ka dòmi, Man Léandò ?* » (Qu'est-ce qui se passe, tu dors ou quoi, Man Léandor ?)

La mère du coupable s'est déjà éclipsée, étouffant de vergogne et de colère mêlées. Elle n'a pas envoyé son fils là-bas pour qu'il en revienne l'allié de Satan, sapristi ! Elle a voulu qu'il devienne un grand monsieur, un nègre qui sait manier le français avec autant, sinon plus, de raffinement que les Blancs-France, qui lit et écrit comme un grand-grec et, si possible, qui lui ramène une Caroline aux yeux bleus et aux joues roses. Les prénoms de Blancs nous font rêver : Chantal, Monique, Martine, Caroline. On les baille aux nouvellement nées pour leur porter chance dans l'existence. Les Hermancia, Amandine, Carmélise, Passionise, Justina ou Doriane, prénoms nègres, prénoms du temps-longtemps, tombant en désuétude.

« On a vu monsieur ce matin haranguer les coupeurs de canne de Fond Gens-Libres, continue le ma-commère de Morne Balai. Il leur tenait des plaidoiries sur l'injustice des békés, sur la voracité de De Cassagnac, sur la race noire qui doit se remettre debout sur ses pieds et prendre son avenir en main, et tout un bata-clan de paroles révolutionnaires, oui. Monsieur est un communisse, je vous dis !

— Roye ! Roye ! Roye ! tremblote Hermann, notre valet.

— Roye-Roye-Roye quoi ? s'écrie Léonise qui prend la défense du communisse. Vous ne voyez pas que les Blancs nous ont déjà assez marché sur les pieds ! Est-ce que Dieu a écrit quelque part que le Nègre est fait pour travailler pour le Blanc jusqu'à la fin des temps ? »

Toute une dévalée de paroles s'ensuit, grosse de mots dont tu ne saisis pas bien le sens ou la portée : « esclavage », « colonie », « Papa de Gaulle », « Victor Schœlcher », « salaires de misère », « Conseil général ». Léonise manque d'en venir aux mains avec le bougre de Morne

Balai. Le maréchal-ferrant prend Hermann à partie avec une virulence dont on ne l'aurait jamais cru capable. Soudain, quelqu'un, fraîchement arrivé, déclare :

« *Lagrèv rivé, mézanmi !* » (La grève a éclaté, mes amis !)

L'assistance est parcourue d'une longue frissonnade qui a pouvoir d'éteindre nettement-et-proprement l'embrasement des convictions et des fulminations. La Grève ! Encore un mot inconnu dont le seul son rêche te fige sur place ! Man Yise est la première à reprendre contenance et convoque sa marmaille à rentrer au plus vite à la maison. D'autres femmes l'imitent et se retirent aussitôt, abandonnant les hommes à leur stupeur qu'ils tenteront d'exorciser tard dans la nuit à coups de rhum sec et de jurons insouffrables pour une oreille bien élevée.

« La grève ? C'est quand le Nègre dépose son coutelas par terre et refuse de couper la canne pour le Blanc, t'explique Léonise.

— *Pa lakay mwen yo kay fè grèv yo a*, s'indigne grand-mère. *Man ka aji two byen épi nèg.* » (Qu'ils aillent faire leur grève ailleurs que chez moi ! J'agis trop bien avec les nègres.)

Quand le serein couvre les arbres d'une légère buée grise, elle ferme toutes les fenêtres et les portes et n'allume qu'une seule lampe-tempête.

« Il y a trop de fourmis-à-ailes ce soir », ment-elle.

Elle adopte la même attitude envers la grève que celle qui a été la sienne le mois d'avant, lorsqu'une épidémie de coqueluche a décimé nos campagnes. Trois bébés ont été happés par Basile, selon l'expression énigmatique d'Hermann. Plusieurs autres ne s'en sont sortis que grâce aux efforts conjugués de l'abbé Stégel, de Man Cia et d'un prêtre couli.

Cette nuit-là, ni Man Yise ni Tante Emérante ne dormiront. Elles s'assoient autour de la table à manger en mahogany, qui fait l'admiration de nos visiteurs, pour attendre la grève. Tu te réveilles au mitan de la nuit, croyant entendre sa venue. Croyant entendre des hurlements et des galops de chevaux fous, tu prêtes l'oreille mais les deux femmes ne brocantent pas un seul mot, pas le plus petit brin de causer. Tu les vois ingurgiter à petites gorgées du « chaudeau », cette boisson à base de lait et d'œufs battus, que l'on sert d'ordinaire dans les veillées mortuaires. Elle a provoqué un haut-le-cœur en toi quand tu l'as goûtée à l'insu de tous, à la cuisine, le jour où un de nos valets a tiré sa révérence.

Au matin, le ciel est affreux. Comme si l'hivernage s'était avisé de revenir sur ses pas sans crier gare. Les gestes de tout un chacun se font plus lents, voire plus pesants. Personne n'ose entrevisager personne, encore moins se regarder dans le blanc des yeux. On nous intime l'ordre de ne point franchir les limites, fort étroites à notre gré, de la véranda. Même Sonson, notre chef-papa-voleur, est invisible et le chemin de roches qui nous rattache au monde est étrangement désert. Léonise erre, telle une âme en peine, dans la boutique désachalandée. Tu ne l'as jamais vue dans un tel état.

Sur le coup de onze heures — celle à laquelle, sans jamais se tromper, la bourrique du maréchal-ferrant se met à hennir de tous ses boyaux —, quatre jeeps full-back de gendarmes blancs aux képis rouges et armés jusqu'aux dents déboulent dans notre cour de terre battue. Léonise pousse un petit cri et s'enfuit dans la trace qui mène à Morne Carabin. Man Yise, courageuse comme à son habitude, se campe devant notre porte, les poings sur les hanches, prête à en découdre avec la bande de soudards. Ils ne lui accordent pas une miette de regard et déballent avec des gestes précis tout un attirail militaire qui t'impressionne et baille une formidable chavirade à tes cousins, qui vont se réfugier sous le lit à colonnes si haut perché de grand-mère, à côté du pot de chambre en émail rutilant que nous avions la tâche de vider derrière la maison, chaque matin à tour de rôle.

Visiblement énervée, Man Yise te hurle de

disparaître de l'embrasure de la fenêtre et se met à haranguer les képis rouges qui n'en ont cure. Bientôt elle trépigne et s'approche dangereusement des jeeps :

« Blancs, hé ! Vous m'entendez ? Qui vous a baillé l'autorisation de garer vos engins sur ma propriété ? Qui ? Monsieur le Préfet n'est pas mon camarade que je sache ! Allez faire vos mauvaisetés plus loin, oui ! »

De guerre lasse, elle se met à prier Dieu à haute voix, déclenchant un sourire amusé chez plusieurs gardes mobiles. Entre-temps, Hermann qui est allé aux nouvelles par le chemin des ravines et des halliers, informe tante Emérante que Fond Gens-Libres est baigné de troupes qui battent les champs de canne en tirant des salves en l'air.

« De Cassagnac ne rigole pas, non, commente ta tante, abasourdie et résignée. Tu crois que ce Firmin-là aurait dû monter la tête des nègres comme ça !

— La paye est de plus en plus maigre... dit Hermann.

— Communisse, hon ? Communisse ! Ils croient qu'ils vont bouleverser le monde et mettre le Nègre en haut et le Blanc en bas. Ils rêvent, pauvres bougres. C'est comme s'ils voulaient faire le soleil éclairer la nuit et la lune éclairer le plein jour. »

Tu n'auras que de vagues échos des fusillades,

des arrestations, des champs de canne incendiés par les grévistes, de la traîtrise des nègres-maquereaux alliés à de Cassagnac qui livreront le secret de la cachette de Firmin Léandor. La grève va s'allonger trois jours, puis dix jours, puis quinze. Une atmosphère pesante s'instaurera dans la maison. Man Yise cessera de véhémenter en vain. L'éclat de rire canaille de Léonise s'étouffera dans sa gorge. La case-à-rhum sera même fermée, faute de clients. Les jours s'écouleront avec une infinie lenteur.

« Comme un fait exprès... » ronchonne tante Emérante.

Des veillées se tiendront à la hâte pour honorer le décès des grévistes téméraires qui n'ont pas hésité à affronter les fusils presque à main nue. Des noms circuleront sur les bouches des grandes personnes, des noms de héros anonymes qui déjà te fascinent : Hildevert Augustin (sans parenté avec nous autres et d'une noirceur exagérée), Aubin Louis-Thérèse, François Beauregard. La mère de Firmin Léandor mourra, elle, de mort naturelle mais « c'est le fil de son cœur qui a pété, déclarera maître Honorien, elle n'a pas pu supporter l'embarrassement dans lequel son fils adoré a mis le monde ».

« Catéchisse », « communisse », « grève » : le monde des grandes personnes est une maçonnerie de mots terribles...

LES ANOLIS
ET LE DÉCALITRE

Notre bande de négrillons s'adonne à de vastes tuages d'animaux innocents, cela avec une telle application qu'il est arrivé à des grandes personnes de frissonner en découvrant nos charniers. Sonson, le fils du maréchal-ferrant, est un redoutable zigouilleur de lézards-anolis devant l'Éternel. Il t'enseigne avec une patience infinie sa science, laquelle exige, en plus de la cruauté et de l'acharnement, une aptitude à l'immobilité qui est contraire, absolument contraire, à ton tempérament de chabin.

Le bougre sait à quel moment précis cueillir l'herbe-cabouillat qui lui permettra de fabriquer un minuscule lasso qu'il passera, après mille précautions, autour du cou de sa victime. Cette herbe-là, belle au demeurant, pousse en général au ras des chemins ou parfois au mitan de savanes où nul n'attache des bœufs au piquet. Sa longue et fine tige brille d'un vert presque transparent et sa pointe se laisse aisément courber pour prendre la forme d'un imparable nœud coulant. Il faut non point l'arracher, encore moins la couper, mais la tirer avec douceur de l'espèce de gaine dans laquelle elle pousse. Elle sert d'ailleurs de cure-dents aux muletiers et aux coupeurs de canne (ainsi qu'aux petits bonshommes qui veulent jouer aux mâles-bougres). Dès qu'il a plu avec modération pendant la nuit, tu sais qu'au devant-jour Sonson viendra te quérir, lui et ses compagnons, pour aller en prendre à Ravine Courbaril, endroit où elle pousse ferme et souple à la fois.

Le lézard-anoli, celui qui ne s'auberge pas d'autorité chez les humains en tout cas, est assez difficile d'approche, victime qu'il est trop souvent des mannicous, des mangoustes, des chauves-souris et des serpents-fer-de-lance (t'assure ton instructeur). Sa robe couleur de feuillage se confond avec les halliers où nous le traquons et il faut apprendre à le cerner. Cela demande un doigté sans pareil : d'abord et pour un, tu dois repérer une niche de fourmis — pas les rouges qui dégagent une vilaine odeur aigre qui effraie l'anoli, ni non plus les fourmis-folles qui font mine d'être mortes et qui, au dernier moment, se réveillent en cohortes désordonnées —, de bonnes grosses fourmis noires bien dodues et au sage déplacement ; tu disposes un petit brin de sucre à l'entour de leur nid et tu attends, sans remuer, qu'une dizaine d'entre elles s'y agglutinent et, à ce moment-là, po ! tu écrases les malheureuses à l'aide du plat de ta main si tu es courageux comme Sonson, avec une feuille de chou-caraïbe si tu es capon ; tu ramasses un à un les cadavres que tu disposes sur un morceau de feuille sèche de bananier ; tu vas déposer ton attrape aux abords de n'importe quel pied de bois et tu t'embuscades un peu plus loin, l'œil aux aguets. L'attente peut durer aussi bien une miette de temps que celui de te roidir sur place et d'être assailli par une crampe.

L'anoli s'annonce toujours par une soudaine brisure de lumière. Avant de distinguer ses pattes graciles et son cou frénétique, tu perçois un subtil bougé de l'air sur le tronc du pied de bois. Puis voilà, mon compère Anoli, fiéraud et bravacheur comme dans les contes créoles de maître Honorien. On jurerait que l'univers entier lui appartient et que le Bon Dieu lui-même ne peut rien contre lui. Il monte-des-cend-revient-remonte-redescend-saute sur une branche, jaugeant d'un air faussement distrait sa future proie. Cela ne l'empêche pas de hap-per dans l'intervalle des moucherons impru-dents avec une prestesse qui est, elle aussi, une soudaine brisure de lumière. Dès qu'il irrup-tionne ainsi, tu dois aussitôt t'accroupir dans l'herbe et commencer à avancer vers lui en empruntant la démarche du canard mais de manière fort douce, doucereuse même, à l'inverse de la sienne justement, ton bras gauche, armé du lasso en herbe-cabouillat, tendu droit devant toi, sans faillir, sans mollir, vieux frère, car à la moindre glissade de feuilles mortes, au plus petit craquement, mon compère Anoli disparaît plus vite que l'éther, foutre ! Il possède des yeux feinteurs que rien ne peut couillonner. S'il pressent quelque danger dont il n'a pas encore pu discerner la provenance, il gonfle sa marjole — si belle que nous l'appelons marjoline — jusqu'à ce qu'elle forme une magnifique lune jaune clair et il hoche la tête, dubitatif, zieutant de droite à gauche. Certaines fois, Sonson ne résiste pas à l'envie de lui tirer une fléchette au mitan de sa collerette, car le bon chasseur de lézards-anolis doit aussi posséder un petit arc et un carquois de bûchettes de feuilles de cocotiers aiguisées à l'extrême. De toute manière, Sonson ne se déplace jamais sans son chassepot (il préfère dire « mon arbalète ») accroché à la ceinture de son short en kaki. Mais utiliser cette arme lourde contre une pauvre créature chétive telle que l'anoli, c'est faire preuve d'une mauvaiseté dans l'âme.

Le chassepot — un solide bois de goyavier en V bien poli au couteau et muni à ses extrémités de deux lamelles de caoutchouc découpées dans de vieilles chambres à air, volées dans le taxi-pays de Parrain Salvie, et amarrées entre elles par un bout de cuir taillé avec précision — est décisif contre les merles, les tourterelles, les poules d'eau, l'oiseau-Gangan faiseur de pluies et, bien entendu, les négrillons qui t'embêtent pour rien du tout. Tante Emérante a saisi le magnifique que t'a fabriqué Sonson en prétextant que tu crèverais les yeux d'autrui « avec ça et que ta mère n'aurait pas assez d'argent de toute sa vie pour payer la Justice et rembourser les parents de l'éborgné ». Roland, plus macaque que toi, cache le sien derrière son dos, entre sa chemise et son short mais est plutôt malhabile à s'en servir si bien qu'il devient, de gré ou de force mais plus de force que de gré, ton porteur d'armes. La maîtresse d'école l'a découvert par hasard dans son cartable et a fini par le séquestrer, elle aussi, à votre grand dam. Elle a crié :

« Sacrée bande de malfaisants ! Vous fabriquez des frondes au lieu de réviser vos leçons, je vais vous donner un pensum, vous verrez ! »

Nous, on s'en fout pas mal car ce qu'elle nomme « fronde » dans son français d'En France, pour nous c'est, et cela demeurera toujours, le « chassepot » ou l'« arbalète ». Et puis, nous confie Sonson, d'un air très docte, à la récréation :

« Cette madame-là se croit grande-grecque, et elle ne sait même pas qu'on ne dit pas « réviser ses leçons » mais « repasser ses leçons ».

66

Nous croyons Sonson. Il est plus âgé. Il a vécu etcétéra de carêmes et d'hivernages avant nous. Il vit presque seul. Cuit son manger. Reprise ses hardes. Réprimande même son père qu'il trouve passablement décaduit. Il possède surtout une éloquence inouïe en créole. Il invente des mots quand son vocabulaire est défaillant. Il n'a peur de rien. Ni des nègres-marrons qui hantent les chemins isolés, ni des prêtres indiens à la recherche de chair enfantine, ni des commandeurs d'habitations si prompts à cravacher le monde, ni même du féroce Blanc-pays de Cassagnac dont la seule apparition ensemence une terreur incontrôlable au cœur de la négraille. Il ne sera vaincu plus tard (ou plus exactement, il ne baissera sa caquetoire) que devant ta formidable démesure de chabin-kalazaza.

Tu apprends tout de lui. Il t'enseigne la science de la capture des libellules, appelées « marie-saucées » dans notre parlure parce que le plus souvent elles ne font que « saucer », qu'effleurer la surface de la flaque d'eau ou de la mare. Cela demande une capacité de patience et d'immobilité qui est, bien entendu, au-dessus de tes forces. Tout se joue au niveau des doigts, du gros doigt et de l'index, qu'il faut savoir rapprocher de manière imperceptible pour se saisir des ailes de l'insecte. Mais après, quel délice que de crever leurs yeux proéminents à l'aide d'épingles que nous chauffons avec des allumettes ! Quel frisson que de leur arracher les pattes ou de leur chiquetailler les ailes !

Tu apprends aussi comment allonger l'herbe-cabouillat jusqu'au cou de l'anoli qui est en train de dévorer des fourmis et, d'un coup sec, l'en enlacer. La bête gigote en l'air, désespérée et comique, ses pattes grafignent le néant, son ventre se gonfle et se dégonfle, les écales de ses yeux s'exorbitent et il meurt dans l'instant, étranglé net. Après, tout est plus simple : il suffit de laisser le cadavre par terre et tous les anolis qui gîtent à cet endroit viennent le renifler ou peut-être lui dire un dernier adieu. Là, ils semblent moins méfiants, moins veillatifs et c'est un jeu que de les attraper vivants. Quand on en a une dizaine, le sacrifice peut commencer. Point de cérémonial inutile ni de tergiversations. Chacun d'entre nous en torture un ou deux à l'aide de l'instrument qui lui sied le mieux. Sonson affectionne de leur ouvrir le ventre en largeur avec sa jambette à la lame argentée qu'il a gagnée dans une pêche miraculeuse, au cours de la fête patronale de Grand-Anse du Lorrain. Roland le soupçonne de nous bailler des menteries à ce sujet :

« Il a dû le voler à son papa. Sonson est un chef chapardeur, oui. Man Yise le surveille tellement, monsieur n'en a pas une idée ! »

Roland brûle les siens à l'aide d'allumettes tandis que toi, tu es plutôt un adepte des épingles que tu leur enfonces une à une dans l'abdomen, chose qui les fait gigoter en une interminable agonie. D'autres garnements pratiquent l'écartèlement à l'aide d'un fil en crin jusqu'à l'arrachement des autres membres, ou la noyade dans une bonbonne d'eau dont ils ont savonné au préalable les bords. C'est pitié de voir les anolis tenter de s'agripper, désespérés, aux parois, tomber dans l'eau, boire la tasse et resurgir pour d'ultimes sursauts.

Quand tout ce tuage de lézards est terminé, la bande les oublie là même où elle les a sacrifiés, sauf toi qui les enfournes dans un sachet en plastique et ramènes ton butin de guerre à la maison. Tu as découvert un étrange seau en métal, avec des inscriptions chiffrées gravées des deux côtés, qui trône au beau mitan de l'armoire de grand-père. On lui a fait une place parmi les costumes noirs, les chemises-vestes, les pantalons et les paires de chaussures rangées avec négligence parce que Papa Loulou, hormis les bottes, n'a jamais été chaud partisan d'emprisonner ses orteils dans des chaussures et du cuir, selon sa propre expression. De temps à autre, sans motif apparent, tu le vois sortir l'objet ou l'ustensile sans nom pour l'astiquer sur la véranda avant de le remettre avec cérémonie à sa place. Quand tu demandes à Man Yise ou à tante Emérante : « Qu'est-ce qu'y a dans cette chose-là ? », elles s'énervent : « Petit chabin, tu as un gros défaut : tu t'occupes un peu trop des affaires des grandes personnes au lieu de t'intéresser aux jeux de la marmaille. Ça va te coûter cher un de ces jours, mon bougre ! »

Passant outre, tu profites de leur absence pour entrouvrir l'armoire et observer l'ustensile. Tu le caresses, tu le soulèves (il est vide !), tu le débouchonnes. A l'intérieur, tu ne distingues qu'un grand faire-noir et, quand tu cries dedans, cela produit un écho amusant. C'est dans le décalitre — nom bizarre de l'ustensile que Léonise, assiégée par tes demandes, a fini par lâcher — que tu décides de cacher tes anolis crucifiés. Après chaque chasse, tu les enveloppes dans une feuille de bananier et tu les glisses à l'intérieur du décalitre. Ton manège dure peut-être plusieurs semaines ou plusieurs mois, tu ne sais pas encore bien mesurer le temps qui s'écoule ; les journées te paraissent si longues, alors que Man Yise soupire toujours : « Mon dieu, pourquoi les faites-vous si courtes ! »

La catastrophe (prévisible) se produit un dimanche matin où l'abbé Stégel n'est pas venu faire la messe et où Papa Loulou n'a pas eu à seconder sa femme et sa servante à la boutique. Il prend le décalitre et le dépose sur la table de la véranda, ses sourcils déjà arqués par la surprise :

« *Ki sa ka rivé mwen an ?* » (Qu'est-ce qui se passe ?)

A côté de l'ustensile : une boîte de cirage marron clair et un chamois, pour le rituel du brossage et du lustrage. Grand-père dévisse avec lenteur le bouchon du décalitre et fait une reculade devant l'odeur pestilentielle qui s'en dégage. Man Yise se dépêche de le haler en arrière en s'écriant :

« Un quimbois ! Un quimbois ! Mes amis, vite, portez-moi la fiole d'alcali ! »

Léonise fonce dans la chambre, manque de défoncer la porte de la petite table de nuit et revient avec l'extincteur à malféintise. Man Yise fait trois fois le signe de la croix avant d'en asperger le décalitre. Les clients de la case-à-rhum attenante à notre boutique se précipitent eux aussi, mais se tiennent à distance respectueuse. Une attente que tu juges interminable s'ensuit, tout le monde ayant la bouche cousue et la peur-cacarelle aux entrailles. Puis, Papa Loulou se ressaisit, éclate de rire et renverse le contenu du décalitre par terre en lançant :

« Man Cia, c'est pas encore aujourd'hui que tu pourras dérailler un vieux macaque tel que moi, négresse. J'ai fait la guerre 14-18, je suis passé dans l'enfer des Dardanelles, alors tu peux inventer toutes tes salopetés de quimbois que tu veux, ça n'a pas de quoi immobiliser un soldat français. »

Le charnier d'anolis est au premier abord méconnaissable, à ton grand soulagement car tu sens déjà tes fesses te brûler sous les taillades de la cravache en mahault. Sûr et certain que Roland te dénoncera. Il n'a d'ailleurs aucune raison de payer à ta place, vu la façon pour le moins cavalière avec laquelle tu le traites d'ordinaire. Man Yise s'arme d'un bâton de balai usagé et se met à triturer les chairs putréfiées des pauvres petits lézards jusqu'à ce qu'elle finisse par reconnaître les queues de plusieurs d'entre eux. Il ne lui faut pas plus d'un battement d'yeux pour comprendre ce qui se trame derrière ce tuage et pour voler sur toi, t'attraper par les oreilles, te raidir derrière le bassin. Là, tu reçois la plus mémorable roustance de ta courte existence, à la grande joie de Sonson, Roland et toute la bande de sacrés petits misérables qui t'accompagnent dans tes hurlements jusqu'à faire péter de rire grand-père, lequel vient mettre un terme à ce qui est en passe de se transformer en véritable dépiautage.

« Viens, petit bandit, te fait-il affectueux, viens, je vais te conter l'histoire de ce décalitre... Essuie l'eau qui coule dans tes yeux, mon bougre. Un chabin, ça ne doit pas chigner comme tu le fais, non. Un chabin, c'est fort ! Un chabin, c'est brave !

— *Joy ti sakabòy ou ni la-a, lamè !* (Quel sacripant tu as là, Man Yise !) lance un cabrouettier hilare.

— *Sé an chabin, sa ou lé fè ?* » (C'est un chabin, qu'y puis-je ?) rétorque-t-elle, rassérénée et déjà préoccupée par ses tâches maisonnières.

Grand-père me fait asseoir, insigne honneur, sur son banc et lui, il s'accroupit en face de moi. Il cherche ses mots. C'est visible. Il ne sait pas trop par quoi commencer son histoire. Cela m'intrigue et, du même coup, éteint tout net mon sanglotement. Il prend le décalitre et le pose entre nous deux.

« Tu vois cet instrument, mon bougre, ça s'appelle un décalitre. Auparavant, nous l'utilisions dans les distilleries afin de mesurer dix litres de rhum. Le gouvernement contrôlait très strictement la production de rhum aux Antilles. Il pratiquait le contingentement. C'est trop difficile à expliquer mais ça signifie grosso modo qu'il voulait éviter que l'on produise trop de rhum, car il y aurait eu des difficultés pour l'écouler sur le marché métropolitain. Tu me suis... Eh ben, nous, on avait besoin de vivre et on cherchait toujours un moyen pour passer par les mailles du contingentement, pour couillonner le gouvernement, si tu préfères. »

Lassé du prix de plus en plus bas du rhum, grand-père avait eu la judicieuse idée de se faire acheter dix décalitres à la Foire universelle de Paris en 1930. Le Blanc-pays de Cassagnac n'avait pas pu lui refuser ce service bien qu'il ne cessât de s'étonner, des années après, de ce qu'il était advenu de tous ces instruments, chaque distillerie n'en possédant qu'un ou deux. Grand-père avait embarqué ses décalitres sur Avion et avait galopé jusqu'aux contreforts du Morne Jacob, en pleine forêt donc, là où poussent l'igname sauvage et les fougères arborescentes. Sûr d'être bien à l'abri d'yeux et d'oreilles importuns, le bougre avait empaillé chacun d'eux avec soin à l'aide de feuilles sèches de bananier. Puis, il avait tiré un coup de fusil dans la gueule de chaque décalitre, les perçant un à un sauf, Dieu merci ! le septième qui s'étira sous l'effet de la pression. Grand-père hurla d'allégresse. Il avait enfin réussi à fabriquer un décalitre qui contenait onze litres, les hommes ! ONZE LITRES ! Et lorsque le gabelou passait à la distillerie de Macédoine, il n'y voyait que du feu. Notre famille gagnait ou plutôt grappillait ainsi des dizaines, voire des centaines de litres de rhum non déclarés que nous écoulions en toute tranquillité dans notre case-à-rhum. Pas étonnant dans ce cas que la distillerie de Papa Loulou fût la dernière à tomber en faillite dans nos campagnes et surtout qu'il vouât une vénération débornée à son étrange décalitre. C'est lui qui avait insisté pour qu'il ait une manière de place d'honneur dans la grande armoire de sa chambre, entre les chemises-vestes et les pantalons.

Bien longtemps après que le décalitre ne servit plus à rien, au lendemain du Temps de l'amiral Robert, c'est-à-dire presque au moment de ta naissance, il continua à éprouver de la tendresse pour lui, à le sortir de temps à autre pour le lustrer et voilà que toi, garnement de tous les diables, tu viens de le profaner avec tes cadavres de lézards-anolis. Par bonheur, grand-père ne prend pas la chose trop au tragique et même cesse de ce jour d'accorder la moindre considération à l'objet. Ce dernier se met à traîner dans tous les coins et recoins de la maison, objet de la curiosité de la marmaille et des coups de pied de Sonson quand il n'a plus de boule. Il shoote si fort que chaque fois que le Syrien Assad nous en offre une, soit il la crève deux jours après, soit elle tombe dans la rivière et est charroyée.

Anolis, libellules, fourmis-manioc, mouches-à-miel, bêtes-à-feu dont le vol endiadème le noir manteau de la nuit, chevaux-du-Bondieu qui imitent si bien l'aspect de la brindille (et que notre maîtresse d'école appelle « phasmes » dans son parler livresque), colibris que nous rendions aveugles exprès pour les voir s'envoler verticalement dans le firmament et s'y perdre, chenilles-mal-d'oreilles, comme vous avez souffert de nos enfantines scélératesses !

Pourtant, vous ne nous aviez rien fait...

CRÉOLE, ÉCOLE, FRANCE

L'école primaire de Morne Carabin est une bâtisse démesurée en béton armé, peinturée en jaune safran, qui surplombe l'étroite coulée de Fond-Massacre où les champs de canne commencent à céder la place aux bananeraies. Parrain Salvie peste contre ces dernières qui montent « à l'abordage des mornes ». Jamais, lui vivant, on ne trouvera sur ses terres cette plante si fragile que le plus ténu des coups de vent la couche sur le sol. Pourtant sa canne ne lui est plus guère d'un bon rapport et il ne parvient à payer ses ouvriers agricoles que grâce aux recettes de son taxi-pays et de la boutique que son épouse, puis ses concubines (une fois la légitime enfuie au bourg de Grand-Anse) tiennent tout à côté de sa demeure principale.

Du haut de sa taille de géant, Parrain Salvie ressemble à un conquistador espagnol dont le navire est le dernier d'une flotte qui vient d'être décimée par l'ennemi. Il scrute l'horizon, stoïque, sa longue-vue devenue inutile, dans l'attente d'une improbable rescousse. Sa haute figure te baille le sentiment d'appartenir à une lignée que rien ni personne ne pourra déchouquer. Il en impose à ta maîtresse d'école qui ose à peine lui serrer la main le jour de la rentrée.

« Je vous confie mon neveu, déclare-t-il en souriant. Faites-en le médecin que je n'ai pas pu devenir ou alors un soldat pour la France. »

Elle doit vite déchanter « car ce petit chabin-là a la tête raide, messieurs et dames ». Tu ne comprends pas ce qu'elle dit, tu ne saisis pas un mot du français qu'elle te parle, si différent dans ses intonations et son phrasé de celui auquel tu es habitué. Alors tu te crispes sur ta petite personne et tu essaies de te faire oublier. Tu écoutes les meuglements venus de la savane toute proche ou tu suis du regard un papillon qui joue, sur le rebord de la fenêtre, avec un rayon de soleil. Une interpellation rauque t'arrache à ta rêverie. Un doigt vengeur désigne une lettre puis un mot au tableau noir et toi, tu te sens tout-à-faitement incapable de les reconnaître. Pour retirer tes pieds de cette nasse, te fiant au hasard, tu ressors la première bribe de savoir qui te revient en mémoire et tu reçois dix coups de règle sur la pointe des doigts.

Ta maîtresse d'école est inflexible. Elle interdit le moindre bavardage, le moindre petit bouger. C'est à peine si elle accepte que les élèves respirent. D'entrée de jeu, elle inspecte les ongles et les trous d'oreilles de ses ouailles et, invariablement, elle renvoie à la maison la progéniture des nègres de Morne l'Étoile, pauvres comme Job, selon l'expression de Parrain Salvie qui, en homme au cœur large, les aide comme il le peut. Elle a en horreur les cheveux grainés et exige que nos parents nous les taille à ras, au moins deux fois par mois. Ton incapacité à répéter ses associations de lettres la met hors d'elle :

« Re-i, Ri, martèle-t-elle.

— Re-i, Ni, réponds-tu.

— Non ! Re-i, Ri-i-i ! »

Parfois, elle te prend à part, te sermonnant d'importance, avec un semblant de sollicitude dans les gestes :

« Eux, ce sont des petits nègres noirs comme hier soir qui finiront tôt ou tard dans la canne ou la banane donc ce n'est pas bien grave s'ils ne réussissent pas à l'école mais toi, avec ta peau blanche, comment vas-tu faire, hein ? Un nègre couillon, c'est laid mais un chabin couillon, c'est encore pire, quelle affreuseté ! »

Tu n'as cure de ses raisonnailleries. Tu la hais. Chaque jour, tu souhaites sa mort. Si tu savais où la Mort habite, tu irais l'implorer de barrer définitivement la route de ta maîtresse d'école. D'ailleurs, elle prétend que l'oiseau-Cohé n'existe que dans l'imagination des nègres incivilisés et des tafiateurs de profession. Elle nous fait admirer des planches magnifiques, nous désignant rossignols, moineaux, alouettes et cigognes, tous oiseaux qui n'existent que dans sa propre imagination et dans ces livres d'En France qui nous glacent d'effroi sacré, et elle nous tape sur la pointe des doigts avec sa règle quand un mot créole s'échappe de notre bouche.

Tu détestes le français-France qu'elle veut te contraindre à parler et, du même coup, tu prends en grippe le français plus gouleyant en usage dans ta famille. Tu ne veux plus t'exprimer qu'à travers le créole et elle te déclare la guerre. Elle dispose d'un piège imparable : le premier qu'elle surprend à parler créole dans l'enceinte de l'école, elle lui passe au cou un collier fruste, au bout duquel pendouille une espèce de molaire (« de mannicou », affirment les élèves désignant ainsi, dans notre langue, l'opossum des Tropiques). A charge pour le contrevenant de le passer au cou du prochain qui enfreint l'interdit, et ainsi de suite jusqu'à la fin des cours. Le dernier à porter cette marque d'infamie reçoit une fessée carabinée et n'a pas droit aux images de paysages d'En France qu'elle a coutume de nous distribuer en guise de bons points. Tu te retrouves, plus souvent que rarement, affublé du collier maudit. Elle s'en ouvre à Parrain Salvie :

« A cinq ans, il injurie déjà en créole comme un nègre d'habitation, comment voulez-vous qu'il apprenne quoi que ce soit ?

79

— Mon neveu a peur de vous... hasarde Parrain Salvie.

— De moi ? » fait-elle en rougissant, sincèrement étonnée.

Tu n'entendras pas la suite de la conversation. Simplement, tu les surprendras bras dessus, bras dessous quelque temps après, dans la trace qui descend à pic vers Macédoine en passant par la source Fourniol.

Mamzelle Hortense, c'est son nom, se montre dès lors plus compréhensive avec toi. Peu à peu, elle te ramène à la raison avec force caresses, paroles emmiellées et sucreries glissées à l'insu des autres marmailles pendant la récréation.

« Raphaël, le créole est un patois de nègres sauvages et de coulis malpropres, oui, te serine-t-elle, tu ne vois pas que les gens qui se respectent ne s'abaissent pas à l'utiliser ? Un si joli petit garçon à la peau claire tel que toi, tu ne dois pas salir ta bouche à employer des mots grossiers... »

Pendant qu'elle tente de te flagorner, tu empoignes ton sac d'agates dans la poche de ton short comme pour t'imprégner de leur raideur. Au simple toucher, tu devines la cocotte d'eau couleur d'émeraude qu'un « tèk », un jet trop puissant, peut fendre en mille miettes. L'énorme « bòlòf » côtoie dangereusement trois « porcelaines » que tu as gagnées la veille, tandis que la « mab » semble frétiller sous tes doigts, avide sans doute d'être propulsée par ton pouce. Chacune d'elles possède son titre et cette dame-là, dans son français-France, les affuble tous, de manière indistincte, du nom de « bille ». Quelle pitié !

A cette époque (tu parles du mitan de ce siècle), notre Cours élémentaire 1ère année comporte tous les âges, du « grand mâle chien » de Sonson, qui possède un fer d'une longueur terrifiante entre les cuisses, à Roland, ton cousin, qui tient difficultueusement sur ses jambes, vu que ses parents lui ont fait sauter une classe. Il n'y a pas non plus d'horaires fixes : ceux qui doivent changer le bœuf de leur père de piquet ou bailler à manger aux cochons arrivent les derniers, tout juste précédés par les filles de Morne l'Étoile qui doivent faire plusieurs kilomètres à pied. En toute logique, tu aurais dû être le premier arrivant puisque nulle tâche maisonnière ne t'incombe et que l'école se trouve aux approchants de notre demeure, mais tu as vite appris à « maté », à faire l'école buissonnière comme disent les livres.

Notre maîtresse est une dame de France, bien qu'elle soit noire comme un péché mortel, car elle se poudre les joues de rose et porte des talons hauts. Nous n'avions jamais soupçonné qu'elle puisse comprendre notre créole jusqu'au jour où elle calotte un élève qui a injurié son voisin d'un retentissant « *Bonda manman'w !* »

(Le cul de ta mère !) De ce jour, son prestige s'effondre à nos yeux et les mots étranges qu'elle nous oblige à apprendre par cœur nous plongent dans un abîme d'ennuiyance : « village », « sentier », « ruisseau », « bosquet » ou « prairie ». Personne autour de nous, même les rares qui parlent français à la perfection, ne s'embarrasse de telles préciosités.

Au fond de la classe, elle a épinglé une gigantesque carte de la France qui nous fascine tous. Chaque région est dotée d'une couleur particulière et des dessins significatifs indiquent qu'ici on plante de la vigne ou du blé ou bien que là, on fabrique des automobiles. Nous trouvons la France belle. Nous l'imaginons magnifique. Hortense nous enseigne à la vénérer puisque, chaque matin, elle aligne les élèves devant la carte pour leur faire épeler les noms qui y sont marqués : Aquitaine, Bourgogne, Bretagne, Provence. Lorsqu'elle nous apprend que la Seine prend sa source au mont Gerbier-de-Jonc, tu imagines aussitôt un lieu semblable à Ravine Courbaril, notre refuge. Tu as plus de difficultés à te figurer le mont Blanc ou le bassin Aquitain. Ô charme ensorceleur de ces vocables exotiques !

Elle prononce toujours la même phrase : « La France est notre mère-patrie, gardez-vous de l'oublier, mes enfants ! » Elle adore nous conter des histoires où reviennent les noms de Roland,

Jeanne d'Arc, Godefroy de Bouillon, Du Gues-
clin, Bayard et le général de Gaulle. Nous imaginons la France comme un pays de preux cheva-
liers constamment sur le pied de guerre pour se
défendre contre la convoitise de voisins jaloux.
Ils en veulent à ses richesses, à sa grandeur, à ses
talentueux poètes et savants, et nous sentons, au
plus profond de nous, l'envie démangeante de
grandir très vite pour pouvoir partir combattre
dans les rangs de ses armées.

Hortense reçoit la félicitance de monsieur
l'inspecteur, un Blanc-France avec un casque
colonial sous le bras, parce qu'elle a pu nous
faire réciter sans la moindre hésitation trois poé-
sies d'Albert Samain.

« A six ans, ce sont presque de petits génies »,
conclut-il d'un ton neutre, un rictus au coin des
lèvres.

Ce soir-là, l'institutrice a fêté sa promotion en
se faisant coquer toute debout derrière une
porte par Parrain Salvie. Très curieusement, elle
a semblé avoir oublié l'idiome sacré puisqu'elle a
hurlé :

« *Ba mwen dòt ! Dòt ! Dòt !* » (Donne-m'en
encore, mon chéri ! Encore ! Encore !)

Tu n'as pas compris ce qu'elle a demandé si
fort ni pourquoi ton oncle la bouscule, ainsi que
le chambranle de la porte de la cuisine, comme
une vulgaire Léonise...

L'ANTÉ-CHRIST

L'abbé Stégel choisit Annaïse, celle qui lave les morts, pour nous enseigner le « catéchisse », le jeudi après-midi, dans la même pièce sombre que l'on transforme en chapelle une fois par mois. Cette bougresse, qui est d'une ignorance agressive, doit fort probablement cet honneur aux mignardises dont elle comble l'ecclésiastique. Il adore la cassave, ces galettes de farine de manioc dont on régale la marmaille aussitôt que le moulin de Macédoine a produit son compte de sacs. Des revendeuses du bourg viennent négocier ces derniers au prix fort parce que notre farine est très appréciée partout dans le Nord. Annaïse utilise le même appât à notre endroit mais Sonson, le fils du maréchal-ferrant, perturbe nos récitations chaloupées par des pets qui puent le pois rouge. Elle le menace des foudres de l'enfer, de la damnation éternelle et d'autres horreurs du même genre sans que cela ramène le galopin à la raison. Quand elle ouvre la leçon par le signe de la croix, nous invitant à l'imiter, Sonson porte toujours son doigt à sa braguette, après son front, et non à son cœur, chose qui déclenche une hilarité irrépressible parmi nous autres.

Tu n'es pas en reste de polissonneries non plus. Dès qu'Annaïse enclenche l'hymne à la Vierge, cela devient dans ta bouche : « Je vous salue Marie pleine de crasse... » Elle rosse la petite assemblée à l'aveuglette à l'aide d'une liane de tamarin qui brûle la peau, en criant :

« Sacrée bande de petits païens ! Vous n'avez aucun respect pour le Bon Dieu. Vous irez tous rejoindre Lucifer, vous verrez. »

Évidemment notre connaissance du « caté-chisse » s'en ressent et l'abbé Stégel n'est jamais satisfait des réponses que nous lui baillons. Il réprimande avec verdeur la pauvre Annaïse qui baisse les yeux au sol d'un air contrit. Alors Sonson devient le souffre-douleur de la souta-nière : elle le dénonce aux békés dès que quel-que chose a été chapardé sur une habitation, elle l'accuse de tous les maux de la terre et tient des plaidoiries vengeresses à son père, le maré-chal-ferrant, qui n'en a cure puisque son métier a fini par le rendre presque sourd. Doué d'une intelligence à toute épreuve, Sonson décide de changer de tactique. Il ne gesticule plus pen-dant les leçons et fait mine, au contraire, d'être le plus attentif d'entre nous. Ses yeux coquillent sur les personnages roses qui racontent la vie de Jésus à Bethléem. L'air émerveillé, il lève le doigt le premier lorsque Annaïse nous sollicite :

« Pourquoi il n'y a pas de personnes noires avec Jésus ?

— -------------

— Pourquoi Jésus, Joseph, Marie sont blancs ? renchéris-je.

— ----------- »

Notre maîtresse en catéchisse est tout bonnement interloquée. Elle tourne, fiévreuse, les pages de son livre à la recherche d'une explication qu'elle ne trouve pas, ce qui la rend encore plus fébrile et plus méchante. Elle déglutit avec peine sa honte et promet d'en référer à l'abbé Stégel qui sait tout sur l'histoire de notre Seigneur, alors qu'elle n'est qu'une simple travailleuse de champs de canne qui n'a eu que la chance d'aller quatre années de suite à l'école dans sa vie. Mais l'Alsacien est incapable de lui fournir de quoi nous clouer le bec et, chaque jeudi, nous n'avons cesse de la tisonner jusqu'à ce qu'elle fonde en larmes et démissionne de son poste.

Mal nous en a pris car l'abbé décide de saisir lui-même les choses en main. Le seul bruit de ses bottes sur le gravier nous fige sur les bancs, où nous sommes contraints de l'attendre dans un demi-faire-noir. Il entrouvre les abat-vent juste pour nous permettre de distinguer les lettres sur les fascicules de catéchisse et prendre sur le fait les auteurs d'un éventuel vacarme. La marmaille est terrorisée. Elle ânonne, la rage au ventre, les définitions qu'il nous impose. Personne ne quitte des yeux sa soutane blanche, salie par la poussière du chemin, qui tressaute sous les coups d'une respiration saccadée. Il a beau crever de chaleur, il se refuse à faire entrer la lumière du jour dans la chapelle, façon habile de nous intimider.

Tu fouilles dans les pires recoins de ton esprit pour trouver un moyen de faire un serrage de vis à ce tortionnaire mais tu ne trouves rien d'assez cruel. Ce martyre durera plusieurs semaines, jusqu'à ce que ce bougre de Sonson s'amène, guilleret, un jeudi avant le catéchisse et déclare :

« Les hommes, j'ai fait la paix avec Man Cia.

— Quoi ! ! ?... avec cette vieille quimboiseuse qui est l'amie du Diable », nous exclamons-nous.

Le madré sourit en désignant son aisselle gauche.

« Justement ! Seul le Diable peut faire rester tranquille le père Stégel. J'ai ce qu'il faut pour lui sous mon bras. »

Jamais nous n'avons été aussi attentifs et polis que ce jour-là. Tu récolteras même plusieurs bons points qui feront se pâmer d'aise tante

Emérante. L'abbé semble très content de son œuvre. Il passe près de chacun d'entre nous et lui caresse sa chevelure crépue avec une tendresse qui nous insuffle déjà quelques remords.

« Si vous continuez comme ça, annonce-t-il, vous ferez tous votre première communion cette année.

— Merci, mon père, déclare Sonson d'une voix doucereuse.

— Quant à toi, mon bonhomme, je t'ai sorti de justesse de la marouflerie. Encore un peu et on te retrouvait à la geôle de Fort-de-France. »

L'arme que Man Cia a baillé à Sonson est terrifiante : un œuf de poule noir couvé le vendredi saint à minuit. Il suffit de le garder dans le creux de l'aisselle, neuf jours durant, sans se laver ni manger de la viande et au bout de la couvaison on obtient — ô miracle Belzébuthien ! — un Anté-Christ.

« Maître Honorien en a eu un très longtemps, nous informe Sonson, c'est un petit homme, de la hauteur d'un bras à peu près, qui possède des dents effilées comme des lames Gillette et qui se nourrit uniquement de chair humaine. Il faut l'attacher raide-et-dur au pied de son lit car, s'il s'échappe, il dévore tout sur son passage. La nuit, maître Honorien le libérait pour qu'il aille voler les pièces d'or des Blancs et l'argenterie des Mulâtres. A ce moment-là, il est invisible pour les humains mais pas pour les chiens qui font caca sur eux quand ils l'aperçoivent et courent se mettre à l'abri... »

Sonson est intarissable sur l'Anté-Christ. Lorsque la créature aura déchiqueté l'abbé Stégel, il l'utilisera pour s'enrichir car son père se fait vieux et, les tracteurs remplaçant de plus en plus les chevaux, il n'a guère d'ouvrage. Une fois devenu un monsieur, il s'en ira à Paris faire la bombe avec les plus belles actrices de cinéma, ne boira que du champagne et roulera en DS 19. Nous sommes béats d'admiration devant de telles vanteries, d'autant que Sonson est en passe vraiment de devenir un jeune homme. Il affiche sept ans, mais c'est parce que son père se saoulait tellement chaque fois qu'il descendait le déclarer à l'état civil qu'il n'y réussit qu'au bout de cinq longues années. S'arrêtant dans tous les débits de la Régie qui se trouvaient sur la route, il était inévitablement ivre mort bien avant l'entrée du bourg. Le maire de Grand-Anse du Lorrain mit un terme à ces années-savane en lui proposant un djob d'employé municipal qu'il ne tint d'ailleurs pas plus d'un carême, l'odeur des chevaux lui manquant.

« Comment as-tu fait pour te réconcilier avec Man Cia ? lui demandes-tu, incrédule.

— Ce n'est pas une mauvaise femme comme tout le monde le croit, non. Je lui porte des mandarines mûres...

— Tu ne t'es pas emmanché avec elle par

hasard ? » demande mon cousin Roland d'un air soupçonneux.

Sonson fait mine de ne point entendre. Neuf jours durant, il demeure à son affaire, insensible aux railleries des adultes et aux remontrances de son père qui dit ne pouvoir supporter une semblable crasserie dans sa case :

« Je suis né pauvre et je croupis dans la pauvreté, c'est vrai, mais je suis toujours propre, eh ben Bondieu ! »

Arrive le fameux jour où l'Anté-Christ éclôt, la veille de celui où monsieur l'abbé doit monter à Macédoine nous enseigner les saints préceptes de l'Évangile. Le fils du maréchal-ferrant disparaît dans les bois pour que personne n'ait à lui poser de question sur le monstre. Ce soir-là, tu ne dormiras pas. Toute la nuit, tu croiras entendre l'Anté-Christ gratter à la fenêtre de ta chambre pour te dévorer tout cru. Tu t'enfouiras sous ta couverture, préférant suer sang et eau au lieu de laisser un seul petit bout de chair de ta personne apparaître au-dehors. Au matin, tu es bien sûr le premier debout, ce qui intrigue Man Yise et inquiète tante Emérante :

« *Sé pa tjèk mové ka ou paré pou ay fé épi sé ti vadrayè-a, pa bliyé ou ni katéjis aprémidi-a !* » (J'espère que tu ne t'apprêtes pas à faire un mauvais coup avec ta bande de petits voyous. N'oublie pas que tu as catéchisse cet après-midi !)

Débordant de jovialité depuis qu'il s'imagine nous avoir définitivement convertis aux vertus du catholicisme, le père Stégel nous accueille à bras ouverts. Il ne s'aperçoit même pas de l'absence de Sonson et commence sans plus tarder à nous expliquer le mystère de la Trinité. Nous nous regardons de bisque-en-coin tout en feignant l'attention la plus soutenue, et tu vois une larme rouler sur la figure de Roland. Il a tant et tellement espéré en l'Anté-Christ et voilà que Sonson fait le farceur ! Tu crispes les poings, tu te mords les lèvres pour ne pas crier à moué. L'abbé est sur le point de découvrir le trouble de la classe, lorsque l'on cogne à la porte avec une fermeté qui le fait sursauter. Avant même qu'il ait le temps de s'en approcher, Sonson ouvre la porte d'un grand coup de pied vengeur et s'avance, hagard, droit sur l'abbé qui ne peut refréner un petit cri. Il se saisit même à deux mains de la grosse croix en bois qui lui pend au cou. Pendant ce que nous avons le sentiment d'être une éternité, Sonson le fixe droit dans les yeux en prenant le rictus le plus féroce possible et, d'un seul coup, ouvre son aisselle d'où doit s'échapper l'Anté-Christ qui ne fera qu'une happée du représentant de Dieu sur terre.

« *Valé'y !* » (Avale-le !) hurle Sonson, déchaîné.

Hélas ! Hélas ! Hélas ! Misère de misère de

misère, foutre ! L'œuf pourri s'écrase sur le plancher de la chapelle en dégageant une odeur si nauséabonde que nous sommes contraints de nous escamper à qui mieux mieux, bousculant même l'abbé et Sonson, toujours face à face dans leur posture grotesque. Dehors, nous nous regardons sans savoir que faire. Tous se tournent vers toi, car peut-être que ton audace de chabin peut sauver la situation, mais tu as beau t'esquinter les méninges, tu demeures aussi couillon que tes deux pieds, les bras ballants et le regard vide. Nous voyons l'abbé sortir en traînant un Sonson pitoyable par l'oreille :

« *Ou chaché fé an antikri manjé mwen, sakré ti lisifè ki ou yé !* » (Tu as essayé de me faire manger par un Anté-Christ, espèce de petit Lucifer que tu es !) grommelle-t-il.

Mais l'homme a l'air secoué. A l'évidence, il a eu peur et a perdu sa morgue. Il sait fort bien que certains nègres, qui travaillent de la main gauche, ont le pouvoir de fabriquer des Anté-Christ même si Sonson s'est montré trop innocent dans l'affaire. Il faut avoir déjà une âme presque damnée pour que la couvaison réussisse. Il se rend à pas pressés chez Man Yise où il se rafraîchit sous le bambou de la source. Puis sans dire au revoir à personne, il démarre sa Peugeot 203 et, insoucieux des cahots, file en direction de Fond Gens-Libres.

« *Sa zòt fè labé-a ? Sa zòt fè labé-a ?* (Qu'avez-vous fait à l'abbé ? Qu'avez-vous fait à l'abbé ?) nous harcèle Man Yise.

— *Ki modèl jouré yo dwèt jouré a ?* » (Quelle injure ont-ils bien pu sortir ?) renchérit tante Emérante.

Léonise prend notre défense : ce bougre l'a assez tancé sur sa vie de concubinage avec Hermann, il lui a trop promis les flammes de l'enfer si jamais elle enfante avant de passer par l'église, et ceci et cela. Il n'a rien à faire ici. On n'a pas besoin d'intercesseur pour nous adresser à Notre Seigneur Jésus-Christ. Ce dernier voit bien qu'on n'est qu'une bande de pauvres nègres qui se débat dans une déveine sans nom depuis que le monde est monde, et que le seul petit morceau d'heureuseté qui nous est laissé réside dans le réchauffement de deux corps la nuit, lorsque le travail nous laisse un répit.

De ce jour, nous n'avons plus eu à subir les cours de catéchisse ni de Man Annaïse, ni de l'abbé Stégel, ni de qui que ce soit et nous avons eu le sentiment d'avoir conquis de haute lutte cette parcelle de liberté.

BONDIEU-COULI

A l'en-bas du chemin qui passe au ras de notre demeure, cachée derrière l'armure d'un man-guier-bassignac si vieux qu'il arbore des racines échassières, gîte une race étrangère à la nôtre. Tante Emérante les tient en profonde haïssance et n'a cesse de nous mettre en garde contre la fréquentation de leurs rejetons, tous censés vivre dans la pouillerie et l'immoralité. Man Yise leur interdit d'emprunter le chemin-découpé qui, traversant notre cour de terre battue, rac-courcit le trajet des journaliers jusqu'aux habita-tions des Blancs créoles de Morne Carabin. Ils sont contraints de s'esquinter les pieds sur toute la longueur du chemin de roches coupantes qui est, selon grand-mère, « la route du gouverne-ment, celle où n'importe qui, même les chiens et les Coulis peuvent passer sans demander la permission-s'il-vous-plaît ».

Ce sont les Coulis.

Race parfois plus sombre de teint que les

nègres, mais dotée d'une figure et de cheveux similaires à ceux des Européens. Ne pas oublier leurs yeux ! s'acharne tante Emérante, ils brillent d'un tison tout droit venu des Ténèbres extérieures, car ils ne croient pas en Notre Seigneur Jésus-Christ et se complaisent dans de bruyantes diableries, vénérant des esprits aux noms barbares tels que Maldévilin ou Nagourmira. Quant à leurs femelles, malgré leur maigreur-jusqu'à-l'os et leur odeur fauve, elles peuvent te charrier le cœur de l'homme le plus prévenu en moins de temps que la culbute d'une puce. Ce sont des briseuses d'épousailles, des détourneuses de concubins, des voleuses de fiancés, des vicieuses de première catégorie, bien que les poils de leur coucoune soient effilés comme la lame du rasoir. « Qui s'y frotte s'y coupe ! » tonne tante Emérante, quand il lui arrive de servir à boire à la case-à-rhum, les dimanches de fête patronale, s'imaginant ainsi pouvoir limiter leur pouvoir de séduction auprès des nègres et des mulâtres.

Tu rôdailles près de leurs cases lorsque personne n'a son attention sur toi. Tu coquilles tes yeux pour apercevoir Laetitia à qui sa mère confie la tâche de cuire le repas sur quatre roches, dans la poussière soulevée par le passage incessant, en période de récolte de la canne, des mulets bâtés et des cabrouets. Elle se fige, déesse fragile, dès qu'elle a senti ton odeur. Elle n'ose même pas s'escamper quand tu prononces son nom et tu devines que tout son petit corps frissonne. Il faut que sa mère surgisse pour qu'elle se libère de ton emprise. Celle-ci semble ne pas remarquer ta présence. Tu lui es, ô mystère, comme transparent. Tu es le petit-fils du patron. Elle et toi n'existent pas à la même hauteur.

On ne baille honneur et respectation aux Coulis que lorsqu'une demande de vœux a été exaucée par une de leurs statues jaune safran empanachées de colliers de fleurs, de tissus écarlates et de bijoux qui reposent dans une citerne désaffectée que le Blanc-pays de Médrac leur a offert en guise de chapelle. Car toutes les races demandent des grâces à Nagourmira ou à Mariémen. Devant le malheur, la déveine, le désamour ou le désargentement, il n'y a pas d'ostracisme qui tienne. Si Jésus-Christ n'a pas daigné poser une main bienveillante sur le cours de votre vie, si les esprits de l'Afrique-Guinée, qu'invoque Man Cia, n'ont pas pu solutionner votre désarroi, alors il n'y a aucune honte à faire appel aux prêtres venus de l'Inde lointaine. Il n'y a pas de couli qui tienne. Il faut même se faire humble devant eux, parler à voix basse et marcher sans faire de bruit.

Man Yise ou tante Emérante n'ont cesse de te mettre en garde contre les cérémonies du Bon-dieu-Couli. A ce qu'il paraît, leurs prêtres se servent de la chair d'enfant pour satisfaire les désirs carnivores de leur multitude de dieux. Elles disent « carnivores » mais, plus tard, tu apprendras qu'elles ont voulu dire « cannibales », lequel mot ne fait pas partie de leur vocabulaire français forcément limité.

Ce qui te procurera la chance insigne d'assister à l'une de ces invocations indiennes, c'est l'étrange maladie qui se met à frapper Léonise à n'importe quelle heure du jour ou de la nuit. Les adultes appellent cela « le mal-caduc », ou encore « le haut-mal » (et ta maîtresse d'école « épilepsie »). Elle est soudainement prise d'une frénésie inarrêtable qui agite son corps, en particulier son dos, lui amène une bave jaunâtre aux lèvres et lui fige le regard. Plus aucun battement d'yeux, plus aucun aller-venir de la pupille. Léonise fixe quelque chose d'invisible droit devant elle, tout en faisant des efforts terribles pour débarrasser ses entrailles d'une force ou d'un être qui la secoue sans ménagements. Le docteur de Grand-Anse déclare que seul un séjour à l'hôpital psychiatrique de Colson peut juguler le mal, mais Man Yise refuse tout net, arguant avec raison que sa servante Léonise, la câpresse au buste fabuleux et à la gouaille légendaire, possède toute sa tête. Man Cia, la quimboiseuse, demande un paquet d'argent pour lui ôter « le mal qu'on lui a envoyé » car il s'agit, bien entendu, d'un mal-caduc de vengeance. On pense aussitôt à un amoureux éconduit et les soupçons finissent par se concentrer sur Honorat Germanicus, l'accoreur du taxi-pays de Parrain Salvie. Maintes et maintes fois, il a voulu proposer le mariage à Léonise et celle-ci ne lui a répondu que par des éclats de rire ou des goguenarderies.

« Je sais que je ne suis qu'un nègre-Guinée dénanti, a souvent plaidé Honorat, mais j'économise sou par sou pour t'acheter une belle case à la tête du Morne Carabin.

— Garde ton argent pour toi, mon bougre, a coutume de rétorquer Léonise. Moi, ce qui m'intéresse, à l'âge que je porte sur ma tête, ce n'est pas de me franfreluchter comme toutes ces capistrelles d'aujourd'hui pour qui ni lotions, ni robes en dentelle n'ont de prix. Je veux un homme qui fasse un vrai travail d'homme ! »

Alors Honorat Germanicus, le cœur dépiécété, s'est mis à hanter les estaminets les plus infects de Grand-Anse et à pocharder avec la lie de l'humanité, allant jusqu'à fréquenter la truandaille, chose qui faillit lui valoir un billet-ce-n'est-plus-la-peine de Parrain Salvie.

Lorsque, à la mort de grand-père, Léonise s'est mise en case avec Hermann, notre valet, l'accoreur a semblé devenir fou. Il a tourné-viré à travers la campagne, des jours durant, sans bailler le bonjour à personne, sans se laver et sans manger. Il a fini par être tout le portrait d'un zombi, mais rien n'a pu fléchir la détermination de Léonise de faire sa vie avec notre nègre-caraïbe.

« C'est parce qu'il n'a pas les cheveux grainés comme moi, a commenté Honorat, une fois revenu à lui, qu'elle l'a choisi. Elle ne veut pas avoir de la marmaille avec les grains de poivre sur la tête, c'est pour ça, oui ! »

Tout a paru rentrer dans l'ordre au bout de quelques mois. Parrain Salvie n'a plus eu aucun reproche à faire à son employé qui a recommencé à charger-décharger le taxi-pays et surtout à l'accorer, à l'aide d'une cale en bois, dans les montées trop raides où il était contraint de s'arrêter pour embarquer un fidèle client.

« Je vais te chercher une bougresse, lui a même lancé Parrain Salvie avec jovialité, tu verras qu'avec elle tu oublieras nettement-et-proprement cette Catherine-piquant de Léonise. Je te le jure ! »

Si les soupçons convergent aujourd'hui sur Honorat à propos du mal-caduc qui atteint Léonise, c'est que monsieur n'a fait cas ni de la chabine succulente de Morne Balai, ni de l'échappée-coulie sublime de Macouba, ni de la négresse à la peau lisse et fine de Morne-des-Esses que Parrain Salvie lui a proposées. Elles ont été d'anciennes conquêtes à lui et, de ce fait, n'ont rien à lui refuser, d'autant qu'il a promis de bailler la gérance de sa boutique de

Morne Carabin à celle qui réussirait à faire prendre une conduite à ce nègre-là. Elles ont eu beau s'opiniâtrer à lui plaire, Honorat les a rejetées l'une derrière l'autre, après y avoir goûté. Parrain Salvie a abandonné la partie une fois qu'il a eu saisi qu'Honorat n'a qu'un destin devant lui : celui de vieux garçon.

Or donc, Man Yise s'est résolue à faire appel aux bons soins de Moutama, le prêtre indien, tout en protestant journellement qu'elle n'accorde aucun crédit à ses « macaqueries de vieux couli-senti ». Elle a couché, ce soir-là, la marmaille de plus bonne heure que d'habitude et toi, cela t'a intrigué. Tu as feint de laisser le sommeil te happer et puis, lorsque Moutama est entré dans le salon, tu as observé la scène par la fente de la porte que l'on ne ferme jamais totalement pour le cas où l'un d'entre nous serait malade dans la nuit. Il s'est approché du corps allongé de Léonise que Man Yise et tante Emérante tenaient l'une par les bras, l'autre par les jambes, et a promené sur lui une branche de prunier-moubin en prononçant à voix basse des incantations tamoules. Léonise a été secouée de spasmes violents sans que jamais elle ne se réveille, mais un gémissement ténu s'est échappé de ses lèvres serrées. Elle est devenue horrible à voir, effrayante même avant de s'affaisser à nouveau dans son immobilité première. Puis Hermann a fait son apparition et tous les quatre ont transporté son corps avec d'infinies précautions, afin de ne faire aucun bruit qui puisse nous alerter. Ils ont dû la redéposer dans sa chambrette, derrière les cuisines.

Au matin, Léonise semble être une autre personne. Elle a un air absent et répond comme de très loin aux questions qu'on lui pose. Au moins n'est-elle plus attaquée par ses habituelles crises de mal-caduc. Elle ne prend plus aucune initiative et espère que Man Yise lui ordonne de balier la cour ou d'aller servir quelque cabrouettier à la case-à-rhum. Quand il n'y a rien à faire, elle s'assied, rigide et muette, sur l'escabeau de la boutique et se perd dans une songerie à vous fendre l'âme. Pendant quinze bons jours, elle ne se lavera pas elle-même. Qui sa toilette du soir, qui sa douche du matin sous le bambou, tout est pris en charge par tante Emérante. Elle lui frotte le corps d'un liquide jaunâtre, qui dégage une odeur curieuse que tu ne parviens pas à reconnaître.

Léonise ne mange plus à notre table. On lui porte un plateau spécial dont la viande et l'habituel verre de vin coupé d'eau sont étrangement absents. Elle paraît si lasse que, malgré l'envie qui te démange, tu n'oses pas t'approcher d'elle pour lui faire un brin de causer. Maître Honorien déclare, perspicace :

« La joie de mamzelle Léonise s'est envolée. Qui peut me dire pourquoi, messieurs-dames ? »

Assoiffé de connaître la suite des opérations, tu ne dors plus que d'un œil, tant et si bien qu'un matin, peu avant le devant-jour, tu surprends les trois complices, ta grand-mère, ta tante et le valet, en train d'habiller de blanc une Léonise à moitié endormie. On la peigne avec soin, la lotionne, lui nettoie les ongles des pieds et lui brosse les dents. Enfin, Hermann la hisse sur ses épaules et, suivi des deux femmes, emprunte le chemin de roches en direction de la case de Moutama. L'Indien, qui est déjà au bord du chemin, leur fait signe de le suivre et s'enfonce dans les bois qui mènent, tout en haut, à Morne Capot.

Tu trottines à leur poursuite, t'essoufflant en un rien de temps. Plusieurs fois, tu les perds de vue pour les retrouver dans une savane ou à l'en-bas d'une ravine, et ces lieux te sont inconnus. Jamais Sonson et la marmaille ne se sont encore aventurés jusqu'ici, tant il est vrai qu'il n'y a rien d'attirant dans cette touffaille d'arbres et de halliers où la lumière du soleil ne doit guère pouvoir se frayer une voie. A trois reprises, en dépit de sa force herculéenne, Hermann, le nègre-caraïbe, est contraint de faire une halte. Il dépose son fardeau dans l'herbe avec douceur en lançant :

« La compagnie, pardon ! Pardon ! »

Mais le prêtre indien n'attend pas. Il crie, très excité :

« *Man douvan ! Man douvan !* » (Je prends les devants ! Je prends les devants !)

Il est lui aussi vêtu d'une tunique blanche qui fait une tache presque brillante dans les sous-bois. C'est elle qui te sert de repère au cours de cette pérégrination dans laquelle tu regrettes de t'être jeté. Mais il est trop tard. Impossible de rebrousser chemin. Tu te perdrais. Ou alors un nègre-marron se saisirait de ta personne. Il faut continuer et accepter les piquants qui t'arrachent la peau des pieds, l'herbe-à-gratelle qui te démange les mollets. A regarder sa figure, tante Emérante vit le même supplice. Man Yise, stoïque, n'a qu'une hâte : arriver.

Peu à peu, les bois se font moins touffus. Les premières clartés du devant-jour commencent à dégager le ciel de la gangue de la nuit. Mou-tama ralentit le pas et semble plus calme. Il se retourne même pour encourager ses suivants et tu découvres, ô surprise, que ses traits sont empreints d'une exaltation extraordinaire. Ils exhalent comme des effluves de belleté et sur-tout de sérénité. Oui, l'homme Moutama est beau et suprêmement serein, et cet état de grâce s'insinue en toi sans même que tu t'en rendes compte. Tu ne sens plus la dureté des roches sous le plat de tes pieds nus, ta fatigue s'est dissipée et tu te sens aussi léger qu'une feuille. Tu es une feuille et le moindre souffle de vent peut t'emporter aux cieux. Tu as envie d'étreindre les arbres, de caresser la surface des nuages roses qui dessinent des chimères à l'horizon, de te vautrer dans la terre jusqu'à t'y ensevelir.

Devant toi, Hermann, Man Yise et tante Émérante sont en proie au même charme car ils ont rejoint le couli, qui bientôt leur désigne une hutte-ajoupa décorée de bougainvillées rouges, jaunes et orangées, près de laquelle attendent deux autres Indiens en pleine méditation. Tu ne les as jamais vus dans les parages. Sans doute viennent-ils de l'extrême-nord, là où leur race occupe des hameaux entiers. Ils allument des sortes de minuscules bougies, qui flottent dans des demi-calebasses pleines d'huile, et les disposent tout autour et à l'intérieur de l'ajoupa où Moutama a entraîné seule notre servante. L'un des officiants met une pincée de cendre dans une large casserole et, s'approchant de Man Yise et tante Emérante, les en asperge à l'aide d'un morceau de branchage en murmurant des paroles dans leur langue à eux. Hermann, lui, est prié de se retirer à bonne distance de la hutte sacrée. Sans doute n'a-t-il pas jeûné, apprendras-tu plus tard. Il n'est donc pas sain et risque d'empêcher la venue des dieux. Cela se fait si rapidement qu'il bute sur toi et manque de pousser un cri.

« *Fout ou popilè, tibolonm !* » (Comme tu es téméraire, petit garçon !) me glisse-t-il à l'oreille à la fois amusé et rassuré.

De l'intérieur de l'ajoupa, nous entendons le prêtre indien psalmodier des prières déchirantes qui font frissonner la nature elle-même. Les officiants traînent deux moutons, qu'ils avaient attachés un peu plus loin, devant l'entrée de l'ajoupa, et les aspergent eux aussi de cendre. Après, tout se déroule très vite, trop vite pour ton esprit d'enfant : tu vois Moutama jaillir au-dehors en tirant Léonise par la main, tu vois les deux officiants tenir un coutelas très effilé chacun par un bout, tu vois le prêtre indien prendre appui sur leurs têtes pour se hisser sur la lame qui brille comme si elle avait été en verre, et tu le vois danser-danser-danser, danser sur le fil du coutelas, sans que jamais la lame ne lui coupe ni même ne lui érafle le pied. C'est qu'il est devenu léger, il est devenu feuille, nuage, souffle. Il parle avec les dieux. Il invoque Nagourmira. Il convoque Mariémen. Il implore Paklayen. Et l'un des officiants traduit dans notre parlure créole, en employant des tournures tellement sibyllines qu'il est vain pour toi d'essayer d'en saisir le sens. Moutama fait avancer Léonise et, lui posant la main sur la tête, reprend sa litanie et entre en transe. Man Yise et tante Emérante sont figées d'émotion ou d'effroi. Puis le prêtre indien saute par terre et rentre dans la hutte en emmenant notre servante. L'un des officiants se saisit du coutelas tandis que l'autre tire sur la corde de chacun des moutons à tour de rôle et, d'un coup sec, leur tranche la tête dans de vastes éclaboussures de sang, de cendre et de feuilles de prunier-moubin. Tante Emérante lâche une exclamation d'horreur, vite étouffée. Les bêtes, décapitées, girouettent dans l'herbe pendant que les officiants se munissent de tambours-matalons et nous dispensent des sons graves qui, chose curieuse, nous apaisent le cœur.

« Partons ! » dit Hermann, en te saisissant le bras d'autorité.

Tu as envie de voir la suite. Tu brûles de savoir dans quel état se trouve maintenant Léonise. Rien à faire : le nègre-caraïbe ne desserre pas son étreinte et, l'effet de sublimité étant passé, tu sens tes jambes soudainement lourdes, si lourdes que tu ne peux plus avancer et que le bougre est contraint de te porter à califourchon.

« Chargement à l'aller, chargement au retour ! » maugrée-t-il, pas vraiment fâché.

Arrivé à la maison, tu t'endors d'un seul coup. Le retour des trois femmes te demeurera à jamais inconnu. Il t'est impossible de leur poser la moindre question à ce sujet. Mais le miracle s'est accompli : nous retrouvons la Léonise d'avant, celle qui rit à tout bout de champ, qui marche en cadençant sa croupière et en bombant le buste, celle qui accomplit trente-douze mille tâches à la fois, infatigable, dévouée, lutine avec les hommes, gouailleuse avec les femmes. Man Yise et tante Emérante sont bien sûr aux anges. La première lance à chaque buveur de tafia qui se présente :

« Si c'est toi, mon nègre, qui avais lancé un charme à Léonise pour voler son cœur, eh ben ta comédie est finie ! Léonise choisira qui elle veut. Vous les nègres et vos quimbois d'Africains sauvages, on n'a plus peur de vous. »

Léonise, en te bordant le soir, est plus capiteuse que jamais...

TAXI-PAYS

Monter de l'étroite coulée de Macédoine jusqu'au faîte du Morne Carabin, c'est comme marcher sur les nuages. Arpenter le ciel. En affronter les brusques susceptibilités. Là-haut, la pluie pleut en plein soleil et les arcs-en-ciel ornementent cette maussaderie de réconfortantes clairetés.

Parrain Salvie, le frère aîné de ta mère, y a construit sa maison. Il a été un génie qui a réussi haut la main au brevet supérieur puis à la première partie du baccalauréat (au lycée Schœlcher de Fort-de-France), sans que quiconque l'ait jamais aidé. On avait découvert avec surprise qu'il était un véritable « démon en calcul » lorsqu'à l'âge de dix ans — dit la légende qui entoure sa personne — il avait calculé de tête le volume d'une immense cuve de la distillerie de Papa Loulou, à l'époque où la canne et le rhum étaient florissants. Comblant d'aise son fils, Man Yise avait décrété :

« Il ira faire sa médecine à Bordeaux. »

Grand-père n'avait pas entendu, ou avait feint de ne pas entendre. Il avait refusé de l'envoyer à l'école pour présenter la deuxième partie du baccalauréat et l'avait nommé gérant de la distillerie. Hélas ! Les jours de cette dernière étaient comptés. Comme ceux de dizaines d'autres à travers tout le nord du pays. Et cela personne ne l'avait pressenti. Nul n'avait prêté attention à la multitude de présages qui assaillaient nos portes. Les Blancs créoles avaient cessé d'acheter notre rhum, prétextant trente-douze mille difficultés à écouler le leur. Les nouvelles que nous avions entendues de la bouche du gouvernement, dans l'énorme poste de radio que ta mère avait offert à la maisonnée avec sa première paye d'institutrice, n'étaient guère rassurantes. Elles pouvaient s'interpréter de tant et tellement de façons différentes que Papa Loulou avait fini par comprendre qu'on nous baillait des mensongeries apprêtées avec le miel des « belles paroles », celles que l'on brode avec l'accent si altier d'En France.

Miné par le chagrin d'avoir empêché son fils d'accomplir son destin, Papa Loulou lui a acheté des terres à la tête du Morne Carabin ainsi qu'un droit d'exploitation de taxi-pays. Par bonheur, Salvie a fini par oublier ses rêves ultra-marins, sa prestance lui ouvrant les cœurs (et le reste) des plus ravissantes mamzelles des alentours. En fait, plusieurs se sont battues pour se faire épouser de lui, chose qui provoqua des drames en cascade de Fond Gens-Libres à Vivé et de Morne l'Étoile à Vallon. Il a fini par élire une mulâtresse si délicate de corps que Man Yise la traite de « sauterelle » ou de « cheval-Bondieu », cette bestiole incroyable qui ressemble à la mante religieuse des livres d'école. A l'époque, on ne jugeait pas les femmes sur leur belleté mais sur leur santé, et la santé se mesurait à l'aune du plantureux. Pour dire une belle femme, on disait « une femme costaud ». Point d'étonnement donc à ce que Man Yise ronchonne en observant ses jambes fines alors qu'elle sert à la boutique :

« Hon ! Vous croyez que c'est ça que Salvie aurait dû me ramener ! Ce mariage-là va pas durer dix ans, foutre ! »

Man Yise ne se trompe jamais quant aux choses de la vie. L'affaire dura à peine la moitié de ce qu'elle avait prédit, « le fil de fer », comme elle en vint à être surnommée, trouvant le Morne Carabin trop ennuyeux et ses habitants pas assez bien élevés à son goût. Et puis elle ne se voyait pas finir son existence dans la boutique que Salvie avait ouverte tout exprès pour elle. Il fallait que le bougre soit un roc pour résister à cette deuxième grosse chiennerie que lui avait réservée le destin. Il a résisté. A dirigé ses terres. Conduit son taxi-pays. Contrôlé sa boutique où il plaçait ses servantes ou ses concubines du moment. Bien plus tard, tu as appris que toutes ces péripéties s'étaient passées dans les années 30 du présent siècle.

Désormais tu habites avec lui. Tu en es fier. Parrain Salvie est pour toi l'image même de l'homme : inébranlable, chaleureux, ayant grand appétit de vivre et se gaussant des fantaisies du monde. Ce qui t'impressionne le plus c'est qu'il semble vivre très profondément à l'intérieur de lui. Parfois, il rit ou discutaille mais tu devines qu'il y a une part de lui qui demeure intouchée, comme à l'écart des vicissitudes du quotidien. Tu le surprends, au devant-jour, en proie à la taciturnité, debout sur la véranda, buste nu en dépit du vent frais, qui regarde, dans l'extrême lointeur, la laque bleutée de la mer de Grand-Anse. A quoi, à qui pense-t-il ? Songe-t-il à l'éternité de ce qui entoure l'homme ? Songe-t-il aux aléas du destin qui semblent prendre un malin plaisir à tournevirer l'existence humaine ? Songe-t-il à ses amours défuntes ? Souvent il philosophe ainsi avec ses vieux amis, le nègre-Congo Servius qui ferre les chevaux de l'habitation Clerville et le Blanc-pays de Médrac auquel il semble lié par de communes conquêtes féminines.

Cependant, dès que le devant-jour a débarrassé le ciel des miasmes de la nuit, Parrain Salvie retrouve bonhomie et entrain. Après avoir décrassé sa gorge avec un fifrelin de rhum, il entreprend de laver cette merveille écarlate qu'est son taxi-pays. A l'origine, il s'agissait d'un camion Chevrolet utilisé pour le transport de la canne, un énorme « dix tonnes » dont il a fait transformer tout l'arrière en autobus par un charpentier de Fond d'Or. L'ensemble est une véritable œuvre d'art avec ses fenêtres ouvragées et ses bancs recouverts d'une sorte de moleskine couleur terre de Sienne. Les parois intérieures de la cabine du chauffeur sont décorées d'une quantité invraisemblable de photos de la Sainte Vierge, de médailles de saint Antoine (patron de la corporation), d'ex-voto qui côtoient, ô surprise ! des pages de journaux d'amour représentant les pulpeuses Gina Lollobrigida ou Sophia Loren. Parrain Salvie accorde toute son attention à sa seule cabine, abandonnant la partie réservée aux passagers au bon vouloir de son accoreur, lorsque le chagrin d'amour n'a pas trop terrassé ce dernier au cours de la nuit. Ou parfois, il fait appel à toi contre la promesse de cent sous et te voilà aussitôt, à quatre pattes entre les rangées de banc, ravi, à épousseter le plancher et à collecter ce que le monde y a jeté ou oublié.

Chaque voyage du taxi-pays de Morne Carabin à Fort-de-France, une petite cinquantaine de kilomètres tortueux, ponctuée de haltes tantôt éphémères tantôt interminables, est en fait

112

un périple semé de tous les drames de l'humaine existence. Pas une fois il ne t'arrive de ne point ramasser des bouts de lettres rageusement froissés ou déchirés en mille petits paquets de douleur. Des mouchoirs encore mucs de larmes vites essuyées. Des chapelets si-tellement égrenés, sans doute par des mains féminines et pourtant calleuses, que leurs grains en sont érodés par endroits. Des cornets de pistache vides, des sucreries à la menthe, des petits pots à sorbet au coco achetés à l'arrêt précédant le pont du Gallion, non loin de la commune de Trinité, chez une bougresse torride que Parrain Salvie tente d'enguillebauder en vain depuis des lustres. Plus rarement, tu trouves des pièces de monnaie ou ces petites bourses en plastique munies d'une fermeture « Éclair » dont raffolent les mamzelles de la campagne.

Le fruit de cette récolte t'appartient selon un accord tacite passé avec ton oncle, hormis les affreusetés que certains nègres jaloux et malveillants (c'est la seconde nature de cette nation-là, à ce qu'il paraît) y ont placées, en catimini, exprès pour ruiner l'entreprise. Une fois, tu découvres un étrange paquet noir, ressemblant à un minuscule coussin, marqué de signes dorés et piqué d'aiguilles. Parrain Salvie accourt, te repousse en arrière :

« Ne touche pas à ça ! C'est un quimbois, je sais qui l'a mis là et pourquoi. »

Et d'arroser la « chose » d'eau bénite avant de la sortir avec précaution du taxi-pays. Il t'envoie chercher une roquille de pétrole à la boutique, arrose le quimbois et y met le feu, dix mille plis lui barrant le front.

Plusieurs jours s'écoulent et tu crois l'affaire oubliée jusqu'à ce qu'un beau matin, il s'en prenne avec une virulence inouïe à un bougre de Morne l'Étoile que l'on dit vivre seul dans les bois en grande amicalité avec les serpents-fer-de-lance. C'est un nègre-mondongue, un nègre-marron, vu qu'il a toujours refusé d'user ses os dans les plantations de canne du Blanc. D'ailleurs, il tient ce dernier dans le plus haut mépris et ne le salue pas lorsque leurs routes se croisent. Aussi a-t-il été mis au ban de l'humanité et le soupçonne-t-on de se venger en rapinant dans les jardins créoles.

Les habitants de Morne Carabin ne s'étonnent guère de voir leurs plus prometteuses ignames fouillées, leurs avocats et leurs mandarines dérobés, leurs moutons dépecés. Alertée à maintes reprises, la gendarmerie de Grand-Anse a dû avouer son impuissance : le nègre-marron a pour refuge la touffeur du Morne Jacob, où nul chrétien-vivant n'ose s'aventurer. Comme il s'y terre des mois durant, on finit par oublier ses larcins jusqu'à sa prochaine descente parmi les nègres de bien. Ce diable d'homme sait les émouvoir lorsqu'il

114

apparaît habillé de neuf de pied en cap, un feutre noir lui couvrant élégamment le crâne, dont il a (c'est miracle, foutre !) peigné avec soin les cheveux crépus et trop longs. En outre, il abreuve toute personne rencontrée de salutations charmeuses en français-banane. Du genre : « Ah ! Qu'elle est jolie au jour d'aujourd'hui, oui, la 'tite demoiselle. Elle est comme-si-dirait la Sainte Vierge Marie, mère de Dieu et moi-même, je trilbiche devant sa belleté, je tombe par terre, oui. »

Selon l'accoreur du taxi-pays, dès que le nègre-marron s'essaye à parler dans la « langue dorée », c'est qu'il prépare un mauvais coup. Toi, tu penses plutôt que le bougre doit s'imaginer qu'il serait incongru de parler créole dans un tel accoutrement. Parrain Salvie est le seul à n'éprouver aucune crainte à son égard. Il l'attrape par le collet et le fait redescendre de la marche du taxi-pays où il a déjà posé le pied.

« Ou pé palé lo fwansé'w'la si ou lé jòdi-a, sé anlè dé pyé'w ou ké alé an vil, sakré isenbòt ! Man pa pè sé tjenbwa'w'la, gason, sa pòkò lapli pou mouyé mwen, ou tann ! » (Tu peux causer en beau français aujourd'hui si tu veux, tu iras en ville à pied, salopard ! Je n'ai pas peur de tes sorcelleries, mon gars. Rien qui puisse m'émouvoir là !)

Les passagers, qui ont déjà embarqué, feignent de ne rien voir de la scène. Ceux qui attendent de monter se tiennent à distance res-

115

pectueuse. Personne ne veut se mêler à cette affrontaille entre deux majors car il s'agit bien d'une rivalité trentenaire, t'apprend l'accoreur, entre deux coqueurs invétérés qui ont toujours considéré les femmes de Morne Carabin, mariées ou jeunes filles, vertes ou à maturité, laides ou belles, comme leur cheptel à eux. La différence entre eux c'est que Parrain Salvie, le mulâtre, a toujours utilisé le charme et la rouerie tandis que le nègre-marron préfère violenter la première femelle isolée que le hasard lui offre. Ce dernier obtempère sans paraître craindre vraiment les foudres de ton oncle et se rend à pied au bourg de Grand-Anse où il hèle un taxi-pays de Basse-Pointe. Mais quelques jours après, tu les vois, tous les deux, en grand causement, à la vêprée, près du parc à bœufs de Parrain Salvie, le nègre-marron revêtu de ses habituels haillons, « brûlé en cendres par le rhum », les yeux rouges et les lèvres enflées.

« Tu vois, te fait l'accoreur, nous avons bien raison de ne pas nous mêler aux disputailleries de ces deux-là, hon ! »

Chaque voyage en taxi-pays est l'occasion de rêvasser à soi-même, aux soubresauts du destin et à l'absurdité de vivre. Dès que Parrain Salvie a passé la première et que chacun a murmuré sa petite prière de protection, plus personne n'ouvre la bouche. On regarde défiler le paysage, les mornes pansus, couverts de pieds de café, d'arbres-à-pain et d'orangers, les cases en tôle qui étincellent dans la verdure, les travailleurs, arborant coutelas et houe, qui se rendent à leur plantation. L'envol gracile des oiseaux-caïali, celui plus lourd des merles noirs de jais qui butinent les fleurs sauvages. Enfant, tu rêves à demain. A quand tu seras grand. Tu sursautes lorsqu'un passager s'écrie :

« A l'arrêt, Salvie ! »

Les autres gens ont l'air de se réveiller d'une longue torpeur. Leurs yeux sont ivres de bonté et c'est avec allégresse qu'ils répondent au descendu :

« Au plaisir, cher ! »

Il n'y a que Parrain Salvie à demeurer impavide...

ANGES DÉPEIGNÉS

Les Grands Blancs vivent à l'écart de nous autres.

Les allées qui mènent à leurs vastes demeures à colonnades, si blanches qu'elles blessent l'œil au mitan du jour, sont bordées de cocotiers dont il est interdit de cueillir les noix, même celles qui roulent, une fois sèches, à terre. Aux approchants de leur perron s'élève toujours un magnolia dont les senteurs emparadisent l'atmosphère. Leurs femmes sont invisibles ou vivent En Ville. Le soleil, dit-on, leur est insupportable. Leur marmaille ne va pas à l'école. Le bachelier Romuald, sorbonicole mulâtre qui collectionne les plus hauts diplômes et parle avec l'accent d'En France, leur sert de précepteur (mais d'aucuns soupçonnent qu'il n'est qu'un affabulateur ne possédant qu'une fort légère teinture de grec et de latin). Il roule dans une antique traction avant noire qui s'essouffle souvent à mi-pente. Il doit en ranimer le moteur à coups de manivelle vigoureux, ce qui nous fait rire aux larmes.

« *Kité misyé-a débouyé kòy li yonn* (Laissez ce monsieur se débrouiller tout seul), dit tante Emérante, dont tu apprendras plus tard qu'il a enchanté, en vain, le cœur. Ce mulâtre a trop la manie de faire l'intéressant. »

Les Grands Blancs passent à bride avalée sur les plus belles montures, vêtus de blanc, l'air farouche, et les nègres s'écartent en leur tirant leur chapeau-bakoua. Dès que les maîtres les ont dépassés, ils crachent par terre de mépris et de colère rentrés. Ou brandissent très haut leurs coutelas dans un geste d'impuissance. Ou jargouinent quelque maudition (inefficace) entre leurs lèvres boursouflées par l'usage immodéré du tafia.

Le plus proche de chez Man Yise se nomme de Valminier mais personne ne le considère comme un Blanc, vu qu'il s'est retrouvé complètement débanqué après avoir perdu la presque entièreté de ses biens au jeu de baccara. Aucun nègre ne veut plus travailler pour lui depuis qu'il a commencé à payer le monde avec de belles promesses rarement tenues. Les herbes-à-piquants envahissent ses champs de canne et, d'une année sur l'autre, les tuiles de sa maison, qui a eu pourtant fière allure jadis, s'écrasent avec fracas dans sa cour où défèquent une confrérie de chevaux semi-apprivoisés, qu'il achète Dieu seul sait où et avec des sommes que seul Lucifer doit lui prêter. Tu aimes à l'épier lorsque, à la fin du jour, il s'entretient avec chacun des animaux, en les brossant avec une vigueur qu'on ne soupçonnerait pas chez un être à l'apparence si frêle. Parfois, il te baille un sourire ou te fait un petit geste d'amicalité, comme s'il désirait que tu t'approches de plus près, chose que jamais tu n'oses faire, même si maître Honorien, le conteur, n'a cesse de clamer à la case-à-rhum :

« Ha-ha-ha ! Renaud de Valminier est beaucoup plus gentil depuis que monsieur est devenu un nègre.

— Pour sûr ! renchérit Léonise.

— Ne l'a-t-on pas surpris l'autre jour à équivoquer avec une négresse de Morne Balai ? »

Renaud de Valminier est, pour toi, un Ange Dépeigné.

Plus près de Fond Gens-Libres sévit Paul-Marie de Cassagnac, dont les armoiries ne sont pas sur le point de s'éteindre car il lui arrive d'arborer le drapeau à fleur de lys sur sa plantation le jour du 14 Juillet. D'ailleurs, il tient en parfaite mésestime toute fête républicaine et, à en croire Radio-bois-patate, envoie ses fils en Amérique pour qu'ils apprennent comment dompter la négraille, et non dans les grandes écoles d'En France pourries par les nègres ou les mulâtres. Ces derniers en reviennent si arta-bans qu'on jurerait que la terre ne porte plus leurs pas lorsqu'ils marchent, foutre ! De Cas-sagnac est un scélérat, oui ! De Cassagnac est un monstre, un diable vivant, un bougre sans man-man, un chien-fer, une salope. Sa fortitude est dans sa méchanceté et son étrange regard bleu peut brûler vif celui du nègre qui oserait le regarder en face.

Si la nuit, on te met en garde contre les nègres-marrons voleurs d'enfants, le jour est le royaume de Paul-Marie de Cassagnac. Aucun alignement n'indique où commencent et où finissent ses propriétés, mais chacun le sait d'instinct et l'enseigne aux plus jeunes. Sonson s'est chargé de te désigner d'un doigt tremblo-tant les deux abricotiers-pays qui, sans payer de mine, sont censés annoncer « Chez de Cassa-gnac », cela vers Morne Capot. Pour les hau-teurs de Carabin, le repère est encore plus flou : une riviérette cachée par des bambous enlacés jusqu'à leur faîte. Ailleurs, tu n'as pas encore le droit de t'y aventurer.

De Cassagnac t'intrigue fort.

Il te démange de courir surprendre les rageuses châtelaineries de cet Alexis-grand-mou-vement, qui semble gouverner l'univers entier derrière sa moustache en bataille. Sa peau blanche ne t'impressionne pas car elle ne l'est pas plus que la tienne, ni même la couleur de

feu de sa chevelure. Ce qui t'intrigue, c'est plutôt qu'il paraisse à la fois si proche et si différent
des nègres de Macédoine. Quel est son secret ?
Où puise-t-il ce formidable ballant qui le pousse
à épuiser chaque miette du jour et de la nuit,
cela aux quatre coins de son immense plantation ? De Cassagnac ne dort pas, ou plutôt il
dort à dos de cheval. De Cassagnac ne mange
pas, ou plutôt, il grappille sans cesse de la nour-
riture à l'endroit où il se trouve. Sa bouche n'est
qu'une machine à commander. Ô voix si terrible que volcan ! Ses bras sont des ailes
d'oiseau-mensfenil qui déplacent la lumière,
l'heure, la pluie, le pas de nègres trop douci-
neurs de l'existence, la dérade des bœufs.
Même le soleil semble lui bailler honneur et
respectation. Sa figure n'est pas blanche, elle est
rouge et craquelée. La sueur ne quitte pas les
rides qui la parcourent. Il n'a pas le temps de se
propreter le corps. Il est une force qui va et que
rien ni personne ne peut arrêter.

Il est le Blanc créole, l'Ange dépeigné des
Anges Dépeignés.

Tu ne pourras jamais l'approcher. Sentir son
odeur. Voir se tendre les veines de son cou
lorsqu'une soudaine déplaisance l'habite. Tu te
refuses à suivre la compagnie des petits bonshommes emmerdeurs qui pillent ses plus belles
cannes à sucre, certains ayant même l'audace
d'approcher les mandariniers qui ornementent

les abords de l'une des vérandas de la maison de De Cassagnac. Tu ne veux pas recevoir une volée de coups de fusil à sel dans les fesses, comme c'est souvent le cas. Tu espères une grande bamboche. Une fête de Grands Blancs, lorsque tilburys halés par des chevaux somptueusement harnachés et limousines américaines chromées forment une longue procession dans le chemin de pierre, sous le regard tout ébahi de « la couleur ». (Il portait respect à Papa Loulou de son vivant et, chaque fois qu'il le croisait, lui lançait en créole : « Comment vas-tu, la couleur ? » Ce à quoi le vieux-corps répondait d'un raclement de gorge assez sec : « La couleur tient la brise ».)

En général, les Grands Blancs affectionnent la bamboche du quinzième jour du mois d'août. Tu n'en sais pas la raison. Toujours est-il que, chaque année à cette même date, les parents des petits nègres interdisent à leur marmaille de sarabander dans le chemin. Ils les cloîtrent même dans leurs cases, en les aguichant à l'aide de douceurs à l'ananas et au fruit-à-pain que les mères préparent l'avant-veille. Dès que tu vois tante Emérante et Léonise s'affairer dans un grand bruit de casseroles, tu devines que ce jour sacré approche. Man Yise nous rassemble près de sa berceuse et nous raconte les aventures de Ti'Jean l'Horizon qui joue mille tours pendables à son vieux parrain béké.

Mais tu n'as pas eu à attendre le mitan d'août pour la simple raison que de Cassagnac a fait publier partout qu'il va bailler un festin en l'honneur de « mon cousin bien-aimé, Hubert-Aimé de Cassagnac, comte d'Anjou ». Pour de bon, on voit débarquer un être couleur de craie que le soleil semble effaroucher, puisqu'il ne se déplace jamais sans une ombrelle portée par un nègre d'habitation, et qui jette des regards effarés sur le monde qui l'environne. Certains d'entre nous en ricanent ; d'autres se vexent :

« *Kon sa yé a, nou pa moun aló ?* » (Ça alors, on n'est donc pas des humains ?)

Il cueille des fleurs que nous jugeons d'ordinaire sans intérêt et s'arrête des heures entières devant des arbres dispensateurs de maléfices, tels que le fromager ou le figuier-maudit. La coupe de la canne à sucre le passionne ou sinon pourquoi demeure-t-il assis toute la sainte journée à l'en-haut des mornes, la main le plus souvent en visière. Nous ne l'avons jamais entendu proférer une seule parole mais son maintien en impose très fort à la négraille d'autant que de Valminier, le Blanc-pays désargenté, nous a expliqué que le mot « comte » renvoie à une très antique noblesse d'En France.

« C'est un arrière-petit-cousin à Louis XIV », explique-t-il à ceux qui ont eu le temps d'user le fond de leur culotte pendant deux ou trois ans sur les bancs de l'école primaire.

Depuis l'arrivée de son honorable parent, Paul-Marie de Cassagnac ne se sépare plus d'une étrange veste en velours violette qui le fait suer dix fois plus que de coutume. Il a troqué son chapeau-bakoua contre un panama orné d'un élégant ruban de la même couleur et arbore des bottes flambant neuves aux pieds. Il n'accorde plus une miette d'attention aux gens du commun. Pour lui, nous ne sommes tous que de la valetaille qui n'a qu'un droit, celui de lui faire place sur-le-champ lorsque la poussière du chemin se lève pour annoncer la venue de son tilbury. Car il a également abandonné son cheval, jugeant sans doute que trop de mulâtres désormais en possèdent un. Il convoque tous ses nègres et ceux des alentours pour sarcler la mauvaise herbe qui s'entête à pousser dans les fossés de la triomphale allée de cocotiers menant à sa demeure. Maître Honorien, qui n'est pas philosophe pour rien même s'il fait mine de se complaire dans une sotte débonnaireté, nous rassure :

« Hon ! De Cassagnac joue au Blanc-France, les amis ! Laissez-le, ça ne durera qu'un temps. Patience !

— Il cherche à marier sa Virginie, affirme Man Cia qui est toujours au courant des affaires les plus intimes d'autrui grâce à ce métier de devineresse qu'elle exerce.

— Quoi ! Virginie ? Pauvre diable, elle ne

tient même pas sur ses deux jambes, non, dit une négresse. Je sais ce que je vous dis là : j'ai travaillé deux ans à récurer les cuisines de Papa de Cassagnac. »

Virginie est tout un mystère. Bien qu'il soit coutumier pour les Grands Blancs de ne jamais montrer leurs filles nubiles aux gens de couleur pour ne point aiguiser leur supposée concupiscence (alors que leurs rejetons mâles forniquent aller-pour-virer avec les négresses), il est incomprenable que de Cassagnac cloître ainsi depuis des décennies cette enfant, que les rares matrones qui ont eu à s'occuper d'elle décrivent comme la belleté faite femme sauf, ajoutent-elles, que... mamzelle est mongolienne. Paul-Marie a, en effet, épousé sa cousine germaine, comme ses propres parents l'avaient déjà fait avant lui, cela afin de ne point risquer le moindre démembrement des propriétés de la lignée des De Cassagnac. Cette union, qui n'est pas d'amour (autrement pourquoi personne, pas même Paul-Marie, ne peut comptabiliser le nombre de petits mulâtres qu'il a semaillés à travers nos campagnes ?), a réussi quand même à produire un héritier mâle gros-gras-vaillant en la personne de Joseph-Charles de Cassagnac, expert en quatre cents coups, amateur de combats de coqs, joueur fou de baccara et chef dévirgineur de négrillonnes, en toute impunité.

« Paul-Marie de Cassagnac ne peut pas compter sur son fils, déclare maître Honorien, c'est pourquoi il a fait venir ce Blanc-France qu'il prétend être son cousin pour diriger son habitation. »

Nous le croyons car le maréchal-ferrant a longtemps été le seul nègre auquel de Cassagnac se soit confié pendant qu'il lui réparait les fers de son cheval, que le Blanc-pays usait fréquemment à force de galoper à hue et à dia. Lorsque, au sortir du Temps de l'amiral Robert, les Blancs de céans ont commencé à acheter des limousines, ce début d'amicalité s'est éteint avec autant de facilité qu'il avait commencé. Et puis sa forge avait fini par rendre maître Honorien quasi sourd ! Nul ne s'étonne donc que ce dernier soit le premier nègre auquel le comte d'Anjou adresse la parole.

Un matin, tu les vois, au ras de la case du père de Sonson, en grand déballage de plaidoiries et d'éclats de rire comme de très vieux compères. Tante Emérante, qui taille la haie de coquelicots, s'écrie :

« *Sé pa sa man ka wè a ?* » (Ce que mes yeux voient, c'est vrai ou c'est pas vrai ?)

Aussitôt les muletiers, en train de prendre leur décollage au rhum à 55° devant le comptoir de notre boutique, se précipitent dans le chemin. Léonise à moitié dénudée (elle se baignait dans le bassin) accourt, la figure démangée par l'incrédulité. Man Yise se fâche après eux :

« Laissez le monde tranquille, eh ben Bondieu. On n'a plus le droit de causer librement dans le chemin du gouvernement maintenant ou quoi ? »

Dès que le Blanc-France s'en est allé, une nuée de curieux s'abat sur maître Honorien, qui met une figure de monstre pour les dissuader de l'accabler de questions qu'il considère probablement oiseuses. Nous ne saurons jamais de quoi les deux bougres se sont entretenus, mais maître Honorien a recommencé à fréquenter l'habitation De Cassagnac dès le lendemain, sans emporter ses outils, ce qui signifie qu'il n'y a pas été convié pour y faire montre de ses talents. Il n'y a guère que la chambrière de Mme de Cassagnac, une jeunotte de Morne Balai, coulie blanche (et donc de père blanc-pays et de mère indienne) à avoir entendu le son de la voix du comte d'Anjou. Elle n'a cesse d'en rire :

« Comme c'est drôle, mes amis ! Mussieur ne prononce pas les "e". Je vous jure ! C'est pas des blagues que je vous baille là, non. Il dit comme ça : "Gervaise, apportez-moi ma ch'mise !" Ou bien : "Préparez-moi un jus de c'rise dans l'instant, je vous prie." Ha ! Ha ! Ha ! Même Mme de Cassagnac se moque de lui derrière son dos. Elle prend un plaisir fou à l'imiter : "R'passe ma robe pour dimanche, j'suis d'r'tour c't'après-midi." Ha ! Ha ! Ha ! »

Un jeudi de beau matin (tu t'en souviens bien car il n'y a pas école ce jour-là), on voit arriver un deuxième Blanc-France à bord du taxi-pays de Macédoine. Il porte une sorte de balluchon délavé d'où dépasse un filet à papillons ou un tamis de chercheur d'or, impossible de s'y reconnaître. Il parle sans « e » et demande à ce qu'on le conduise derechef à l'endroit où habite son frère, le comte d'Anjou. Sonson ne se fait pas prier lorsqu'il tire de sa poche une pièce brillante de vingt sous.

« Y'aura bien des épousailles, je vous l'avais dit, jubile le père du garnement.

— Ce bougre malpropre-là est donc le frère de l'autre ? Pas possible ! s'exclame Léonise. Peut-être qu'il est venu tenir la chandelle. Ha-ha-ha !

— Tu es trop malparlante, ma chère. Un homme qui se marie a toujours besoin d'un parent ne serait-ce que pour lui servir de témoin », lui cloue le bec le maréchal-ferrant.

Final de compte, les bans sont affichés à la mairie de Grand-Anse et tout un chacun salue la perspicacité de maître Honorien, le conteur, chapeau bas. Il est vrai qu'il semble être aussi rentré à nouveau dans les bonnes grâces de Paul-Marie de Cassagnac. Il accompagne partout ce dernier quand l'envie lui prend de faire faire le tour du propriétaire au comte d'Anjou. Au passage, le comte de Fond Gens-Libres achète à foison cochons, coqs d'Inde, moutons ou cabris que les nègres élèvent aux abords de leurs cases en payant comptant, ce qui a pour but d'épater son cousin, le comte d'Anjou. La tâche de convoyer cette ménagerie échoit au maréchal-ferrant qui n'en peut mais. En moins de quinze jours, au vu de tout ce que de Cassagnac a raflé dans les alentours, on devine que la noce de Virginie sera grandiose.

« Grandiose et puis c'est tout ! comme le confirme d'un ton enjoué maître Honorien. Et vous, la couleur, vous serez aussi invités, c'est moi qui vous le dis ! Vous serez pas attablés avec la blancheur, faut pas rêver, comme ces messieurs les communisses, mais y'aura à manger et à boire en quantité pour vous autres.

— *Man za ka filé dan mwen* (Je m'aiguise déjà les dents) », fait Hermann, le concubin de Léonise.

En fait, il y a la bamboche pour les Blancs le matin et la bacchanale pour les nègres à la nuit tombée.

Des gardiens armés de gourdins veillent aux quatre coins de la plantation De Cassagnac afin que nul intrus ne vienne troubler la paix des maîtres. Tu te faufiles dans les hautes herbes, intrépide, tu rampes dans les piquants, tu te laisses glisser au fond de ravines obscures, tu grimpes aux hautes branches des manguiers pour ne pas perdre ton orientation. Vingt fois, tu manques de te faire coller par les gardiens, de gros nègres-Congo à la démarche farouche qu'un Grand Blanc du Lamentin ou du Sud a dû prêter à de Cassagnac. Tu es en proie à une tremblade démentielle, tu es sur le point de faire caca sur toi mais, bourrique que tu es, tu avances-tu avances-tu avances, foutre ! Tu ne veux rien entendre, pas même cette petite voix intérieure qui te murmure : « Chabin, prends garde à toi, le malheur n'aime pas qu'on le taquine. » Mais le comte de Fond Gens-Libres a tout prévu : autour de sa demeure elle-même, une armée de chiens munis de laisses fort longues qui piaffent d'impatience. Tu es contraint de t'arrêter et l'unique solution est de te hisser au plus haut d'un quénettier. De là tu peux découvrir l'ensemble des lieux et, plus au loin, la route d'où montent depuis le devant-jour des cohortes de limousines rutilantes.

Les Anges Dépeignés s'installent sur les vérandas dans d'immenses berceuses, en agitant des éventails. Dès qu'un nouvel arrivant se présente, ils lui font une courbette et l'introduisent à l'intérieur, où les époux doivent se trouver. Pourtant, tu aperçois de Cassagnac, le front ennuagé, qui fait les cent pas près de son écurie et tu manques d'échapper-tomber par terre lorsque tu entends les voix de deux hommes qui chuchotent juste sous ton quénettier. Ce sont le comte d'Anjou et son frère, tonnerre du sort !

Tu es frit, mon garçon, ils vont te botter les
fesses, te traîner jusqu'à la demeure de De Cassagnac et tu seras la risée de ces êtres supé-
rieurs. Mais les deux Blancs-France ne s'aperçoivent même pas de ta présence. Au contraire,
ils brocantent des propos enfiévrés dans un langage qui te laisse pantois, à la fois très familier,
très créole et pourtant fort différent :

« Ah ! J'la cré eune miette sorcière, voué-tu,
fait le comte d'Anjou.

— Tu viens de m'conter eune chouse vrai
drôle ! Ah ! Dame, et tu cré qu'ça servi a
queuque chouse d'l'épousailler, c't Virginie ?

— A c't heure y fait eune frette de chien.
C'est y que j'serions malade ? Ha ! Ha ! Ha ! Si
t'avais iu été là, t'arrais jéliment ri, mon gars.
Queu bruit qu'j'arrions m'né si j'avions iu été
ensemble !

— Faut faire pour nous en aller, dit le frère.
C'est eune terre point commode icitte.

— J'ai eune migraine que la tête m'en fend...
A fine force de l'supplimenter, mon beau-père a
consenti à m'bailler son coffre. J'sommes ti ben
riches, fiston ! »

Le comte d'Anjou entrouvre un balluchon
dans lequel tu distingues des bijoux en or, de
l'argenterie et des liasses de billets. Ils se congra-
tulent avant de se faufiler dans les hautes
cannes, celles dont les fleurs nacrées sont des
flèches défiant le soleil et la pluie. Tu suis un

132

long moment leur progression, du haut de ton arbre, et tu les vois, arrivés à la route, enfourcher des bécanes qui doivent les y attendre depuis le matin.

Pendant ce temps, c'est le branle-bas autour de la demeure du comte de Fond Gens-Libres. Virginie, l'épousée, erre aux abords de celle-ci, sa robe immaculée complètement chiffonnée, son chapeau à rubans fripé entre ses doigts. L'orchestre nègre venu d'En Ville joue en sourdine une mazurka créole mais personne, aucun invité, ne lui prête attention. Tout le monde est en proie à la consternation. Il n'y a que de Cassagnac qui tempête, jure, crache par terre, oubliant toute retenue devant le chef de la Caste blanche, venu tout exprès du Lamentin ainsi que la plupart des Grands Blancs importants du pays. Il a même oublié le français :

« *Man kay fann fwa'y, isalòp-la ! Man kay dérayé'y, man kay pété tjou'y, i ké sav wotè konba'y ! I ké sav ki moun man yé, fout !* » (Je vais lui fendre le foie, le salaud ! Je vais le dérailler, je vais lui péter le cul, il saura qui je suis, foutre !)

La "da", autrement dit la gouvernante noire de sa fille Virginie, tente de consoler cette dernière en la faisant asseoir sur ses genoux dans une dodine. Elle lui mignonne sa chevelure couleur d'abricot-pays en lui murmurant des apaiseries dans les oreilles. Les victuailles sont en train d'être envahies par les mouches sans

133

que personne ne s'avise de les chasser, ni même de goûter aux succulents pâtés-cochon, au boudin noir et pansu à souhait, aux marinades de morue, aux soupières de pâté-en-pot fumantes, aux assiettes de gratin de christophine ou de colombo de cabri. Tu salives sans retenue, imaginant quel barouf Sonson et sa bande auraient fait, si jamais ils avaient pu s'approcher des tables dressées en plein air à l'ombre des manguiers et des quénettiers plus vieux que tous les humains présents là.

Puis, les Anges Dépeignés se transforment en Démons Fous. De Cassagnac voltige toute noblesse dans les halliers et califourchonne sa puissante monture, un fusil de chasse en bandoulière. Il harangue ses nègres, qui en sellent quatre autres pour ses frères et ses cousins montés ici tout exprès pour les épousailles. Le chef de la Caste, l'illustrissime Charles-Henri Salin du Bercy, fume un gros cigare-boutte, l'air impassible, mais tu remarques que ses traits sont empreints d'une profonde calculation. Ses pairs embarquent un à un, avec femme et marmaille, dans leur limousine et, saluant avec discrétion le maître de maison, ordonnent à leur chauffeur de tourner les manivelles. Tu découvres que la blanchaille n'exprime pas sa colère et son désarroi de la même manière hystérique et désordonnée que la négraille ou la mulâtraille. Mais ils n'ont pas non plus la fixité stupide des Coulis.

Ils savent mesurer et dompter leurs émotionne-
ments. Tu ne bailles pas cher de la peau des
deux couillonneurs de Blancs-France qui, à
cette heure, doivent à peine avoir atteint la
commune de Marigot.

Tu t'en redescends de ton arbre, perplexe et
avide de tout raconter à Léonise. La campagne
environnante est recouverte d'une chape de
silence, comme si le désastre survenu aux sei-
gneurs de la terre avait imprégné choses et gens
de l'annonce de prochains malheurs alors
même qu'ils n'ont rien à voir dans cette affaire.
Prémonition séculaire que celle des nègres qui
n'ignorent pas que, tôt ou tard, l'ire des Grands
Blancs fondra sur eux, si jamais elle n'a pu
s'apaiser sur son propre objet.

« Pourquoi ? t'explique la servante de Man
Yise. Eh ben, mon petit bougre, parce qu'ils
savent pertinemment que nous allons faire des
rigoladeries sur leur compte pendant des mois,
voire des années et ça, ils ne le supportent
pas ! »

Grand mère te fiche une raclée lorsqu'elle
apprend que tu es allé espionner la bamboche
de De Cassagnac. Elle trépigne :

« Mais tu es fou dans le mitan de la tête ou
bien quoi ? Tonnerre de Dieu, qui c'est qui m'a
baillé un chabin emmerdant de cette espèce ? »

De Valminier, le Blanc-pays désargenté (et
donc négrifié pour tout dire), lui, n'a cesse de

s'esclaffer dans notre case-à-rhum où il vient de grand matin fainéanter avec ceux pour lesquels tenir un coutelas, soulever une houe ou bâter un mulet, est une besogne titanesque. Bougres plus nombreux de jour en jour, selon tante Emérante, ce qui démontre la décadence de ce qu'elle continue à appeler « la colonie », alors que la radio s'évertue à dire « Département d'Outre-Mer ». Et ce qui doit arriver arrive selon le principe fataliste qui veut que « ce qui doit vous appartenir, la rivière ne peut pas le charroyer ».

De Cassagnac embauche des nègres-anglais, venus en clandestinité de l'île voisine de la Dominique, sous prétexte qu'ils abattent trois fois plus de travail que les nègres français. Il fait grillager ses parcelles d'arbres fruitiers où chacun s'est toujours servi (avec modération) et place sur ses terres tout un peuplement de chiens féroces qui dissuadent le monde d'en approcher. On dit qu'il a perdu la raison et sa fille avec lui. Certains affirment l'avoir vu galoper à minuit, Virginie au travers de sa selle, sur un cheval-trois-pattes, lacérant l'air de coups de cravache, comme qui dirait un justicier à la poursuite d'une Bête immonde. Il ne garde plus dans sa grande bâtisse que la "da" de Virginie et un cuisinier borgne qui avait déjà servi son père peu après l'éruption du volcan, au début du siècle.

Le maréchal-ferrant, notre voisin, conclut :

« Mesdames et messieurs de la compagnie, ce Paul-Marie de Cassagnac a voulu jouer à l'Européen et voilà ce qui lui est arrivé ! A bon entendeur salut ! Ha-ha-ha !...

— Yééé-Krik ! » lance maître Honorien, le conteur.

LA MADONE ET LE TEMPS
DE L'AMIRAL ROBERT

Deux événements que tu n'as pas vécus, pour la bonne raison qu'ils se sont déroulés avant ta naissance, te semblent aussi familiers que le jour d'aujourd'hui. Il s'agit du passage de la Vierge du Grand Retour et du Temps de l'amiral Robert. Tu ne saurais en préciser les dates exactes ni dire si l'un a précédé l'autre ou inversement, mais tout le monde en a tellement toujours parlé autour de toi que tu as fini par les intégrer à ton propre passé. Ta mémoire les a accueillis en toute innocence, comme de très vieux amis. D'être ressassés de trente-douze mille manières différentes ne font que les rendre encore plus palpables, plus crédibles et, du même coup, tu te retrouves plus ancien que ton âge réel.

D'aussi loin que tu t'en souviennes, grand-père a une plaie inguérissable à la jambe. Il s'en occupe presque avec tendresse et on jurerait qu'il ne souhaite pas que ses bords se referment. Au matin, il la lave avec une décoction de jus de tabac qui en ôte les purulences et rosit ses chairs boursouflées. Puis, avec d'infinies précautions, il lui applique un cataplasme fait de feuillages divers mêlés à de l'huile de ricin et de soufre camphré préparé par notre voisine, Man Cia. Quand les plus matineux des cabrouettiers lui demandent de ses nouvelles, il répond avec placidité :

« *Java mwen an ka bat mizè'y.* » (Mon javart se porte bien.)

Mais il est fréquent qu'au cours de l'après-midi la fièvre s'empare de lui, alors qu'il surveille le charroyage des bananes. Aussitôt, il te dépêche à la maison pour lui prendre les cachets que lui a prescrits le médecin de Grand-Anse. Tu ne l'as jamais vu se plaindre, même si tu as parfois surpris sur son visage de légers rictus de douleur. Ce javart lui procure parfois un mal mystérieux au nom barbare de « lymphrangite » qui le tient cloué au lit au moins trois jours dans le mois. Il se trouve livré à notre servante Léonise pour les pansements et ne cesse de l'injurier chaque fois qu'elle s'y prend mal. Impassible, elle continue à le soigner sans jamais montrer le moindre dégoût. Elle accomplit cette tâche avec la même énergie qu'elle met à éplucher un fruit-à-pain ou repasser le linge. Grand-père a refusé que sa femme s'acquitte de ce qui est, en final de compte, un rite, sous prétexte que, prétend-il, « ses mains aggraveraient son mal ». A Macédoine, on a la main pour planter des légumes et pas pour châtrer les animaux. On a la main pour aider une parturiente à mettre au monde sa marmaille et pas pour réussir le gâteau-patate.

Grand-père peut s'estimer heureux par rapport aux hommes de sa génération qui, tous, souffrent de ces maux d'avant qui semblent ne plus atteindre le monde de maintenant. Ainsi admirons-nous la ténacité d'Hermann à fouiller entre ses orteils avec une épingle à nourrice préalablement chauffée à blanc pour en retirer des chiques. Le pian démange le corps de maints travailleurs agricoles et l'éléphantiasis alourdit la démarche des femmes de grand âge. Les plus jeunes, telle Léonise, se plaignent constamment de vers bleus au visage. Les enjôleurs portent en permanence sur eux un minuscule miroir qui leur permet de vérifier qu'un de ces boutons inopinés ne vient pas gâcher la plaidoirie qu'ils sont en train de tenir à l'élue de leur cœur.

Papa Loulou n'a pas toujours eu son javart. Sa boiterie date, à en croire Léonise (car aussi bien Man Yise que lui-même gardent un secret absolu à ce sujet), de l'après-guerre. Très précisément du passage de la Vierge du Grand Retour dans notre île. La Madone, comme l'appelait la négraille, est venue tout exprès de

France pour nous sauver de la débauche et du paganisme. Elle a enjambé l'Atlantique sur un étroit canot, dans lequel elle s'est tenue dressée, hiératique et immaculée, tout au long de ses pérégrinations dans nos bourgs et nos campagnes. Elle n'a voulu laisser aucun recoin de notre pays dans les ténèbres.

Le jour de son arrivée, annoncé à grand fracas en chaire et à la radio, Man Yise s'est gammée de sa plus majestueuse grand-robe, celle qui a des reflets moirés à hauteur des hanches, et s'est attachée un madras rouge sur la tête. Elle a mis son collier-forçat et ses bracelets en or de Cayenne. Dès trois heures du matin, elle a réveillé la maisonnée afin de prier et a lancé à son mari qui bougonne :

« Je vais demander une grâce à la Madone pour toi, mon nègre.

— *Ki djab Lamadòn ésa ? Man pa bizwen gras pèsonn, ou tann sa mwen di'w la-a !* (Qu'est-ce que c'est que cette foutue Madone ? Je n'ai besoin de la grâce de personne !)

— Si ! Ton âme est en perdition et tu ne le sais même pas. »

Quand Man Yise se met à décorer la véranda de fleurs d'alamandas et de bougainvillées, grand-père selle ombrageusement Avion pour s'en aller dans l'une de ses chevauchées, en apparence sans but, qui irritent si fort son épouse. La vieille femme se met à chanter une chanson d'église, tout en le tisonnant de temps à autre :

« Hon ! On a peur de la Vierge ! On a tellement de péchés sur sa conscience qu'on a peur ne serait-ce que de voir le bout de la pointe de sa robe. »

L'homme ne bronche pas, occupé à son affaire, le dos tourné à la maison. Entre-temps, le quartier a envahi notre cour de terre battue car le père Stégel a décrété que c'est chez nous que l'on recevrait la mère du Christ. Man Yise se rengorge : cela signifie, à n'en point douter, que sa case est la mieux tenue, la plus présentable de Macédoine. Les gens sont habillés en dimanche alors qu'on est au beau mitan de la semaine. Costumes de laine noirs ou blancs pour les messieurs, grand-robes créoles pour les dames. Une certaine joie flotte sur les figures, une joie tempérée de sérénité, peu habituelle à la race des nègres.

« Même de Cassagnac a baillé à ses travailleurs un jour de congé payé, les amis ! » s'exclame un muletier, qui s'offre un petit coup de tafia dans une fiole qu'il cache dans la poche arrière de son pantalon (Man Yise a fait fermer la case-à-rhum).

« Les Blancs n'ont pas de cœur, commente une amarreuse de cannes, mais ils savent bien qu'il ne faut pas courroucer le Bondieu. »

Grand-père, en bottes et tenue kaki, détonne

parmi tout ce beau monde dont il n'a pas répondu au salut. Sa selle s'est cassée sur l'un des côtés et il tente de la rafistoler avec de la corde de mahault. Son cheval piaffe d'énervement, n'étant peut-être pas habitué à avoir tout un paquet de gens autour de lui. Man Yise est aux anges :

« Regardez-le ! Il ne sait même pas que l'Esprit saint est en train de lui faire un serrage de vis, le bougre. »

Vers les trois heures de l'après-midi, le père Stégel fait son apparition dans sa nouvelle Dauphine que lui ont offerte (assure Radio-bois-patate) les Blancs de Grand-Anse. L'automobile fait l'admiration de tous et l'on se détourne de Papa Loulou qui s'escrime toujours à arranger sa selle avec des gestes de plus en plus aigris. L'air empeste le caca-cheval, au grand dégoût du prêtre qui range ses ouailles en petits groupes de prières et de chants le long du chemin de pierre. Bientôt une envolée fervente s'élève dans l'air torride, faisant frissonner la voûte des arbres :

« *Chez nous so-yez-Rei-ne-ne-ne*
Ô Sainte Ma-do-o-o-ne-ne ! »

Le cortège qui porte le dais où trône la Vierge du Grand Retour s'annonce tout à l'en-bas du chemin, près de la case de Moutama, par une semblable exaltation. La statue bleu pâle et blanche, surmontée d'une couronne, se dresse, majestueuse et étrange à la fois, dans un canot que l'on a amarré solidement à un assemblage de planches porté par quatre mâle-nègres gros-gras-vaillants. Les suivants vont tous pieds nus, les orteils parfois en sang, et leurs yeux ne semblent pas nous voir. Aussitôt les nègres de Macédoine se bousculent pour voltiger des offrandes dans le canot : des anneaux en or pur, des pièces de monnaie ou des liasses de billets, des papiers plus mystérieux qui doivent être des demandes de grâce, des pièces d'argenterie. « Pas de quincaille », a averti le père Stégel ! Les plus pauvres s'élancent pour toucher les pieds de la statue, en demandant à très haute voix un miracle pour eux-mêmes ou bien pour quelqu'un de leur famille que la maladie ou la vieillesse a empêché de se déplacer :

« Madone, rebaille-moi la vue, je t'en prie ! Le monde est tout noir autour de moi depuis qu'on m'a crevé les yeux. »

« Sainte-Marie, mère de Dieu, n'oublie pas que je t'ai toujours adorée et que j'attends que tu me tires de cette défortune qui empoisonne ma vie. »

« Ô Vierge du Grand Retour ! Ô bonté incarnée, jette un œil sur une négresse telle que moi qui n'a jamais pu enfanter et que les hommes dérisionnent en me traitant de papayer-mâle. »

144

« Mère du Christ, fais que mes ennemis cessent de malmener mes projets, surtout Hector, mon voisin, qui va consulter des quimboiseurs pour lancer des charmes sur ma pauvre personne ! »

La Vierge, impassible, fait le tour du quartier de Macédoine, sans nous accorder une seule petite miette de ces miracles qu'elle a déjà accomplis à travers le pays. Papa Loulou ricane. Il tient sa revanche :

« Vous ne vous rendez pas compte qu'elle ne veut pas d'une prétaille telle que vous ! Ha-ha-ha ! La Vierge n'a pas de temps à perdre avec des nègres et des coulis. Vous perdez votre temps, allez rejoindre vos fourches et vos houes, messieurs-dames de la compagnie. Ha-ha-ha ! »

Le père Stégel incite la foule à chanter et à prier plus fort afin de couvrir les imprécations du mécréant. Ce dernier a enfin réussi à raccorder sa selle et se hisse, triomphant, sur le dos d'Avion :

« Baillez-moi de l'air ! Allons, bande de couillons, baillez-moi de l'air, j'ai mes affaires à faire, oui. »

Mais à l'instant où il talonne sa monture, la selle pète à nouveau et grand-père s'effondre sur le sol dans un fracas qui interrompt net la tournée de la Vierge du Grand Retour. On se précipite à son secours car il est très aimé, en dépit de son caractère ronchon et des engueulades qu'il passe à tout le monde. Sa cheville gauche est sérieusement touchée et se met à enfler sans qu'il se plaigne car il est un soldat français, pas un petit capon. Le cortège des gens du bourg redescend vers Grand-Anse, laissant les nègres de la campagne quelque peu abasourdis. La visite de la Madone a tourné court. Cela personne ne peut le nier et surtout personne n'ose accuser Papa Loulou d'en être le responsable. De ce jour mémorable, il gardera une légère boiterie qui sera un éternel sujet de moquerie à son endroit de la part de Man Yise et de Tante Emérante. A Macédoine, la légende retiendra que ce fut le seul miracle qu'accomplit la Madone lors de sa venue parmi nous.

L'autre souvenir, que tu as hérité des tiens et que tu n'as pas réellement vécu, est le Temps de l'amiral Robert. Au début, tu t'es demandé qui est ce scélérat que grand-mère invoque en nous tirant les oreilles pour nous forcer à avaler notre assiettée de soupe vespérale.

« *Pa manjé, bann ti sakabôy ! Anni pou di an dézyèm Tan Wobè viré, zôt kay konnèt wotè konba zôt !* » (Ne mangez pas, bande de petits sacripants ! Que le Temps de l'amiral Robert revienne et vous comprendrez votre douleur à ce moment-là !)

D'ailleurs, nous ne savons même pas ce qu'est

un amiral. Quand Léonise, harcelée, nous déclare qu'il s'agit d'une sorte de commandeur des mers, nous ne saisissons toujours pas puisque, à entendre les grandes personnes, il gouverne le pays et pas la mer. Et puis pourquoi est-il si méchant ? Pourquoi contraint-il le nègre à mourir de faim ? D'autres fois, tu as le sentiment que l'amiral Robert est un mâle bougre qui a contenu l'appétit des Anglais et des Américains envers la Martinique. N'a-t-il pas aussi bouté le nègre hors de sa paresse habituelle en le mettant en demeure de fabriquer lui-même son huile de cuisine avec du coco, son sel en faisant bouillir de l'eau de mer, ses chaussures en les découpant dans de vieux pneus de camion, et même son kérosène dans les distilleries ? Papa Loulou, pour de bon, ne s'en plaint pas comme les femmes, puisqu'il répète souvent :

« Au Temps de l'amiral Robert, le nègre était plein de vaillantise, foutre. Il n'avait pas de poils dans la main comme aujourd'hui. »

Certains soirs où sa lymphrangite l'immobilise et où il ne va pas jouer au baccara chez le Blanc-pays ruiné de Valminier, il te fait asseoir à côté de lui sur son banc et se remémore les méfaits de la Milice chargée de traquer les dissidents qui partaient rejoindre les Forces Françaises Libres, à la faveur de la nuit, dans l'île toute proche de la Dominique. Il évoque l'écoute clandestine de la B.B.C., la radio anglaise, qui exhortait les nègres à se révolter contre l'ordre pétainiste de l'amiral Robert. La venue à la campagne de lointaines parentèles, établies à la ville depuis des générations et qui se souvenaient brusquement de lui parce que leur ventre était vide. La mort de nouveau-nés comme des mouches, quand une grippe ou une coqueluche frappait, parce qu'on n'avait pas de médicaments. Le départ de son fils aîné Salvie en 1942, malgré son âge assez avancé, parce qu'il lui démangeait d'en découdre contre ces salopards d'Allemands. Il ne supportait pas l'humiliation de notre mère-patrie, la France. Il zigzagua entre Roseau, capitale de la Domi-nique, New York, Londres puis Calais, et réussit à combattre dans les Ardennes, récoltant la Croix de guerre. La maisonnée posséda dès lors deux coqs. Celui de 14-18 et celui de 39-45.

Ses remémorations te font rêver. Tu ne poses aucune question, ne demandes aucune préci-sion. Tu laisses couler en toi la saveur rêche du Temps Robert, tu le fais tien à mesure-à-mesure et, final de compte, tu deviens sûr, un jour, de l'avoir toi aussi vécu...

ÉPOUSAILLES

Man Yise a donc baillé le jour à sept filles qui font l'admiration du voisinage. On voit des tralées de jeunes enjôleurs rôdailler autour de la maison, affublant leur figure d'un masque de sériosité pour amadouer Papa Loulou. Certains arborent redingote et cravate, comme le sorbonicole Romuald ; d'autres se mettent un haut-de-forme, que nous appelons « bizbonm » dans notre langue naturelle. Tous ces prétendants ont d'excellentes raisons de s'entretenir avec le maître de maison, qui n'est dupe ni de leurs broderies langagières ni de leurs coups d'œil furtifs aux ombres qui se faufilent derrière les persiennes. Man Yise sert le vermouth dans des verres en cristal sans jamais s'introduire dans leur causer.

Léonise gouaille Euphrasia, Doriane, Liliane, Emérante, seules à être en âge d'être demandées en mariage.

« Ce bougre-là, c'est pour toi ! lance-t-elle à

149

Emérante. Regarde-moi comment il marche. On jurerait un crabe c'est-ma-faute. Bondieu-Seigneur, plutôt que ça soit toi que moi ! »

Les autres sœurs éclatent de rire devant les pleurs d'Emérante. Elles lui prédisent des caleçons sales à laver tous les jours, des coups de poing dans les côtes, si elle s'avise de répliquer, et surtout des enfants aux yeux louches ou aux pieds tordus. Liliane court chercher un balai-coco à la cuisine qu'elle renverse et place derrière la porte, dans le but de faire décamper l'intrus. Mais rien n'y fait : monsieur bat de la gueule comme une crécelle du Vendredi saint, tout en triturant d'un geste ostensible sa montre à gousset en or. Son titre est Médarius Hector et, à ce qu'il paraît, il est entrepreneur en bâtiment. Son âge doit être, au bas mot, le double de cette pauvre Emérante.

« *Sa man fè Bondyé ?* » (Qu'ai-je fait au Bondieu ?) se lamente-t-elle.

Un grand bruit d'épousailles court à travers la campagne de Macédoine. L'affaire a été apparemment conclue sans qu'elle en ait jamais été informée et sans que Médarius lui ait jamais adressé la parole. Les gens la félicitent lorsqu'elle descend au bourg, lui souhaitent toutes sortes de bonheurs, espérant qu'ils seront invités à la bamboche. Emérante s'effondre en pleurs dans le chemin et l'on doit faire appel à Euphrasia ou à Doriane pour la ramener. Elle fait bientôt peine à voir : son corps devient d'une maigrichonnerie extravagante, ses cheveux retombent en filasse sur ses yeux et plus un petit morceau de rire ne s'échappe de ses lèvres. Ses sœurs la prennent en pitié mais n'osent s'ouvrir à Papa Loulou qui ne discute pas avec les femmes, à juger-voir avec des filles. Il leur baille des ordres et gare à leurs fesses si elles n'obtempèrent pas. Hormis Man Yise avec laquelle ce n'est que continuelles chamailleries, grand-père n'a qu'un seul vrai interlocuteur : son cheval Avion. Il passe des après-midi entières à l'entretenir de ses affaires de terres ou de joutes de combats de coqs, tout en lui brossant la panse. Il lui baille de pleines boquittes d'eau mélangée à du sirop-batterie, afin de lui raffermir les muscles. Si on veut connaître le fond de la pensée du vieux bougre, il suffit de se cacher derrière la haie de coquelicots qui borde l'écurie et d'ouvrir ses oreilles.

« Ah cette dot ! ressasse-t-il à l'époque où Médarius fait sa cour. Hon ! Je vais lui léguer trois hectares à Morne Carabin, mon cher Avion. De la bonne terre plate où patates, ignames et choux de Chine lèvent en un battement d'yeux. Faudra qu'elle soit bien fainéante pour se retrouver dans la misère !... Yise lui laissera un collier-forçat et une paire d'anneaux en or. Quant à Euphrasia, elle a acheté des draps à la future épousée alors qu'est-ce qu'elle veut encore, hein ? »

Les visites de Médarius se font de plus en plus fréquentes et l'entrepreneur semble de plus en plus engoncé dans sa laideur. A présent, il joue aux dominos avec Papa Loulou, ce dont Léonise conclut à l'annonce imminente de la date des épousailles.

Emérante sombre dans une sorte d'apathie qui la retient plusieurs jours au lit. Elle ne parle pas, regarde avec fixité dans le vide et refuse de prendre les bouillons de poule que lui confectionne Man Yise. Sa légendaire belleté se fane sur son oreiller. Man Yise a peur qu'elle meure et engueule son mari :

« *Ou pa ka wè moun ni asé épi lo makakri-a ou ka fè épi Médaryis la, tonnan di sò !* » (On en a assez du petit jeu que tu fais avec Médarius, tonnerre du sort !)

Papa Loulou mâchonne sa pipe éteinte. Un bref sourire étire ses traits. Puis il déclare d'un ton solennel :

« Pourquoi vous vous affolez comme ça, les femelles ? Les épousailles sont fixées à samedi en huit. J'ai déjà tout réglé avec ce couillon de père Stégel. Au lieu de perdre votre temps à manger votre âme en salade, vous feriez mieux de commencer à prévoir combien de moutons et de poules tuer. Allez, baillez-moi de l'air ! Disparaissez de ma vue ! »

Le lendemain, l'homme Médarius Hector se présente en redingote et en bottines sur le pas de notre porte. Papa Loulou et Man Yise se sont également habillés pour la circonstance. Ils ont fait draper de blanc la table de la véranda, où ont été artistement déposées des bouteilles de vin doux et des boîtes de biscuits en métal. Le voisinage, maquerelleur en âme, se presse autour de notre cour de terre battue, faisant moult commentaires sur la vêture du prétendant.

« Honneur ! déclare-t-il en faisant une courbette devant Man Yise.

— Respect ! » répond grand-père, la main tendue, jovial.

Il a apporté un électrophone flambant neuf et des disques d'Édith Piaf, bien que l'électricité ne soit pas encore parvenue dans notre campagne. Les trois s'assoient à la table et se mettent à causer à voix basse d'une façon anormalement rapide, puis Papa Loulou se dresse et crie :

« Euphrasia, Ô ! Viens par ici, ma fille, viens dire bonjour à ton fiancé ! »

Personne ne bouge à l'intérieur de la maison. Un siècle de temps s'écoule. Le voisinage a cessé de caqueter net. Papa Loulou hèle de nouveau :

« Euphrasia, tu te dépêches ou tu préfères que je vienne te tirer dehors ? »

Alors, comme une automate, l'aînée des filles s'avance sur la véranda, en proie à un abasourdissement tel qu'elle paraît sur le point de chuter à chaque pas. Médarius Hector n'est pas le moins abasourdi. Il s'est à demi redressé sur son siège et regarde la jeune fille s'avancer vers lui. Man Yise demeure impassible.

« Tu peux l'embrasser », dit Papa Loulou à Médarius qui s'exécute d'un geste brusque avant de se rasseoir avec lourdeur.

Euphrasia s'assoit à son tour. Son père lui pose la main sur celle de l'entrepreneur et déclare :

« Aucun mariage ne se fera dans cette maison tant que mon aînée n'aura pas trouvé un homme. Maintenant, c'est fait ! Au tour de Doriane et qu'elle fasse vite car les autres attendent derrière. »

Médarius Hector épouse donc Euphrasia Augustin au jour dit. Les époux sont contraints de faire bonne figure à la société. Ils écarquillent leurs joues afin de se fabriquer des sourires d'allégresse et simulent si-tellement bien qu'ils finissent par se prendre au jeu. Vers le mitan de la bamboche des épousailles, ils sont inséparables. Ils dansent-dansent-dansent. Parfois, les invités s'arrêtent pour les admirer et l'orchestre leur dédie des valses créoles si renversantes que des larmelettes en viennent aux yeux d'Euphrasia.

Évidemment, Emérante est aux anges. Elle se permet même le luxe de ne point s'amuser et de servir aux cuisines comme une simple servante. Quand on fait la ronde autour des mariés et qu'Euphrasia voltige en l'air un morceau de son voile, elle a si peur qu'il ne retombe sur elle qu'elle va se cacher derrière l'écurie. Le sort choisit une obscure câpresse de Vallon dont personne, à regarder la banalité de ses traits, n'aurait pu prédire qu'elle dénicherait un mari dans les mois à venir. Papa Loulou, à moitié saoul, martèle à ses camarades :

« J'ai marié ma fille aînée, ouf ! »

Au matin, Euphrasia s'approche du lit où tu somnoles et te murmure :

« Faël, porte ça à Edmond, s'il te plaît. Fais ça pour ta tatie, le Bondieu te récompensera. »

Puis elle se laisse embarquer dans une limousine verte, que conduit le frère de son mari, et s'en va à Fort-de-France où le couple dura six ans avant de se démarier.

Edmond est un jeune nègre, beau comme un dieu, qui fanfaronne sur les hauteurs de Morne Capot parce qu'il a été décoré à la guerre d'Indochine sans avoir subi la moindre blessure. Il affecte de mépriser les femmes, préférant prendre des blagues dans notre case-à-rhum avec les vieux-corps qui le tiennent pour un sage. Personne d'autre que toi à Macédoine ne sait qu'il a entretenu une idylle secrète avec Euphrasia. Sur le mot qu'elle lui a envoyé, tu lis ces lignes malhabiles qui te hantent des années durant :

« L'amour est fragile, c'est une rose de porcelaine. Mon cœur s'est arrêté sur toi, il n'ira pas plus loin. Ne crois pas à tout ce lot de macaqueries que j'ai faites ce soir. S'il y a un être supérieur dans le ciel, assuré que nous nous rejoindrons un jour. Ne laisse jamais ton esprit m'oublier. C'est désormais ta figure que je verrai devant moi chaque soir avant de laisser le sommeil me barrer. »

Euphrasia partie, Papa Loulou se frotte les mains, prêt à refaire le même coup pour mettre tante Doriane en case. Encore que les bougres du quartier se méfient à présent, et la nouvelle court à travers mornes et savanes qu'il ne faut pas gracieuser après la belleté d'Emérante tant que son aînée ne serait pas partie. Si bien que les prétendants des communes avoisinantes de Basse-Pointe, Ajoupa et Marigot se tiennent sur leurs gardes, et c'est un étranger de Case-Pilote qui vient arranger la situation.

L'instituteur (il fait classe au bourg du Lorrain) n'a pas de mots assez doux, de délicieusetés pour décrire l'amour qu'il porte à la benjamine des filles de Papa Loulou. Il ne s'embarrasse pas de manières et rédige une longue lettre circonstanciée à ce dernier, que l'on voit jubiler pendant une bonne quinzaine de jours. Cette fois-ci, Emérante est aux anges. Elle trouve le mulâtre élégant. Ses yeux verts lui tournevirent les sens. La cour s'étend du début de l'hivernage au commencement du carême de l'an 1958. Elle prend la même tournure que celle d'Hector Médarius mais, cette-fois là, tout est clair : le mulâtre aime Emérante et Emérante l'adore.

Seule tante Doriane fait la moue, d'autant que nous échappons peu à peu à son emprise. Ses contes d'Andersen ne nous attirent plus, car nous préférons les aventures de d'Artagnan que l'instituteur nous lit à l'ombre du manguier-bassignac qui ombrage une partie de la cour. Quelques jours avant les épousailles, il m'offre un livre. Mon premier livre. Mon tout premier livre : *Pantagruel.*

Au jour dit, le monde apprend (si jamais il l'a oublié) que Papa Loulou n'est pas un petit bonhomme mais bien un sacré tonnerre de Dieu de roi-malin. Il fait appeler Doriane, lui ordonne d'embrasser l'instituteur et déclare :

« On t'apportera ta robe de mariée tout à l'heure. Je l'ai fait mesurer sur l'une de tes robes de messe. Si jamais il y a des reprises à faire, Man Cia est à ta disposition toute la matinée, chère.

— Mais... mais... balbutie l'instituteur.

— Quoi, mais ? Vous croyez qu'Emérante va partir avant que Doriane, qui est plus âgée qu'elle, ne le fasse. Ah non ! Qui Doriane qui Emérante qui les autres, elles sont sorties de la même matrice, elles sont faites de la même pâte, elles ont le même goût. Allons, dépêchons-nous, monsieur le maire n'attend pas, foutre ! »

L'instituteur en devient à moitié dérangé. Il s'accoude à sa fenêtre le soir et maugrée :

« La fille que j'aie vue un jour par la fenêtre de maître Augustin et qui a touché mon cœur n'est pas celle que j'ai épousée. Vous comprenez ça vous, hein ? »

Emérante, elle, s'abîme dans le chagrin et devient vieille fille. Elle cesse de se farder et de se gammer, ne veut plus aller au cinéma à la salle paroissiale du bourg, ni se rendre dans les bals de quartiers. Sa parole se fait rare et cynique. On en vient à craindre ses remarques acerbes et son humour tranchant. Elle se met bientôt à commander la maisonnée et même Papa Loulou courbe l'écale sous le poids de ses rabrouements.

Quelques années plus tard, elle s'installe au bourg où elle ouvre un commerce qui devint vite florissant. Tante Emérante est maintenant une maîtresse-femme que tout un chacun, même les nègres mal élevés, respectent et n'osent jamais contredire. Elle t'emmène vivre avec elle et, là, tu découvres la fureur de la mer bréhaigne du Lorrain. Cette dernière t'habite, modelant le cours de tes rêves et t'insufflant des frissonnades traîtresses qui font croire à plus d'un que tu es un petit chabin capon.

MER DE GRAND-ANSE

Sa rumeur a précédé votre rencontre.

Au fin fond des campagnes, les nègres colportent des litanies de reproches à son endroit : mer voleuse d'êtres dans l'innocence de leur âge, mer habitée par une maudition séculaire dont la raison se perd dans les mémoires, mer dévastatrice aux lames si hautes qu'elles peuvent lécher le ciel.

Mer, ô Mer de Grand-Anse, ô marâtre !

A Morne Carabin, l'accoreur de Parrain Salvie, le ci-devant Honorat Germanicus, dit Bougre Fou, alias Premier Ministre du chagrin d'amour, nourrit une haïssance terrible pour sa vêture d'un bleu violent et le sable noir qui sert de dégorgeoir à ses lames. Jovial à l'embarquement, attentif à bailler un petit morceau de parole gentille à chaque passager qu'il aide à grimper dans le taxi-pays, il se renfrogne au fur et à mesure que l'on approche du bourg. Il tambourine avec toute sa force de gros mastoc quand quelqu'un veut descendre. Au quartier Crochemort, qui se trouve aux approchants de Grand-Anse, il commence à arder d'une colère tellement immodérée que nul ne s'avise de lui demander de débagager ses affaires avec un peu plus de soin. Parrain Salvie déclare avec simplicité :

« *Tèt li pati.* » (Il est en proie à la folie.)

Longtemps tu désires contempler l'objet de sa vindicte, mais tu en es empêché par la petitesse de ta taille. Tes jambes balancent sur le banc de bois et il est vain de penser que tu puisses te hisser sur la pointe des pieds. Si bien que le grondement insolite de la mer de Grand-Anse t'a empli le cœur d'émoi bien avant que tu reçoives sa splendeur sauvage dans le mitan de ta figure. Cela a dû se passer après ton septième anniversaire (ou peut-être juste avant).

Les derniers nuages de la fin du jour sanguinolent au miquelon de la mer.

Mer de Grand-Anse, ô très belle, ô dispensatrice de songeries !

Très vite, tante Emérante, qui descend souvent au bourg en quête d'un local pour ouvrir la boutique dans laquelle elle se voit construire sa vie, t'arrache à sa contemplation. Elle passe près du marché où des grappes de vagabonds et de nègres-sans-manmans jouent au sèrbi avec une tonitruance destinée à choquer les gens de bien. Ignorant leurs sisittes, leurs gestes obscènes ou leurs allusions égrillardes, elle pénètre chez Assad, le Syrien, qui l'accueille comme une vieille parente qu'il n'a pas rencontrée depuis un siècle de temps. Son magasin est un vrai capharnaüm où lui seul peut s'y retrouver entre les ballots de toile-kaki, les jupes et les corsages à la dernière mode de Paris, les cartons de chaussures et les colifichets, d'un mauvais goût achevé, qu'à cette époque on s'entre-offre volontiers.

« Alorrrs, ma p'tite z'amie, qu'est-ce qu'choisis aujourrrd'hui, hein ? J'ai rrrreçu un de ces beaux Vichy et... fait-il.

— Arrête tes couillonnades ! le coupe ta tante. Je veux savoir quand tu seras prêt à me louer ta maison qui est en face de l'église, mon bougre. »

Assad se gratte la tête d'un air suprêmement ennuyé, ôte quelque bribe de caca de son nez si long « qu'il devait l'empêcher de bien voir », rigole-t-on dans son dos, avant de murmurer :

« Hé... tu sais.. ça serrra difficile, ma tite z'amie, trrrès difficile... deux perrrsonnes sont déjà dessus. Mais je t'ai proposé mon autre maison de la Rue-Derrière et tu ne m'as jamais répondu.

— Garde ton hangar à rats pour toi, Assad ! » s'irrite tante Emérante, qui m'attrape par la manche et se rend avec brusquerie chez son amie-ma-cocotte Noëllise qui coud chez elle pour le grand monde (même pour les Blancs créoles à ce qu'il paraît !) et se fait, à en juger par le luxe de son intérieur, un bon paquet d'argent.

Madame Noëllise t'embrasse pendant un temps que tu juges d'ordinaire interminable, et tu te tortilles sur le cosy où tante Emérante te juche pour ne plus s'occuper de toi. Les bougresses dégustent de l'anisette dans de minuscules verres colorés, grappillant des biscuits de Bretagne dans des boîtes en fer-blanc aux enluminures magnifiques. Une fois vides, ces dernières servent de réceptacle aux dés à coudre, bobines de fil et autres aiguilles. Tu guettes le jour où madame Noëllise t'en offrirait une, ce que jamais au grand jamais elle n'a fait, car tu rêves d'y mettre en sûreté les feuilles séchées à travers les livres, dont tu comptes faire offrande à Laetitia Moutama, ta petite coulie adorée. Or, du jour où tes yeux entr'aperçoivent la forcènerie des flots de Grand-Anse, tu oublies nettement et proprement tes calculations amoureuses. Tu trépignes tant et tellement que tante Emérante, agacée, te lance :

« Eh ben, va jouer dehors avec les petits nègres, mais je t'interdis d'approcher du bord de mer. Tu as compris, chabin ? »

La plage de Grand-Anse arbore un vaste manteau couleur de nuit que la hargne du soleil de carême picote de petites éraflures de lumière.

Elle emprisonne ton regard, elle t'invite à venir l'arpenter, à mesurer sa chaleur entêtante sous le plat de tes pieds. Là-bas, au nord, il y a le promontoire de La Crabière qui avance, tel un navire-amiral dans les flancs de l'Atlantique déborné. Des raisiniers-bord-de-mer, que l'on prétend sans âge, y portent des fruits violacés dont l'abus peut chavirer l'esprit et d'ailleurs, hormis certaines après-midi de juin où les gens du bourg s'y rendent par familles entières pour la cueillette saisonnière, seuls les Coulis, qui survivent au quartier Long-Bois, y élèvent des cochons qui ont marronné les propriétés des Blancs-pays. Et la mer, la mer avec ses paysages d'eau et ses savanes d'écume, qui alterne, sans répit, calme reptilien et voltigeage de vagues qu'on jurerait douées d'enrageaison.

Tu cours à son bordage, insoucieux des cris apeurés de quelques vieux-corps qui, accroupis, font lentement leurs besoins à l'en-bas de l'hôpital. Tu éprouves sa tendresse sur ton corps et tu laisses descendre en toi chaque gronde-ment venu de ses profondeurs. Irrésistiblement, tu t'avances en elle, tu ne vois plus ni le cou-vercle du ciel, ni les falaises du sud de l'anse d'où jaillit une cascade. Tu sens que tu pars-tu pars-tu pars, tu deviens plus léger qu'une bûchette de coco et c'est un hurlement qui te réveille. Ce sont deux bras vigoureux qui te halent en arrière, ceux de Bogino, l'homme à tout faire du bourg, le Michel Morin de Grand-Anse. Et ce sont deux paravirets sur la joue, appliqués avec soin par tante Emérante, qui te ramènent à la réalité.

« Tu ne la connais pas, cette scélérate, te glisse-t-elle au retour, elle a toujours vécu en mésintelligence avec les humains, oui. Elle ne connaît pas le pardon. »

Mais il est marqué quelque part dans les par-chemins du destin que tu dois accompagner tante Emérante dans sa migration villageoise. En réalité, elle n'a jamais vraiment accepté son sort de campagnarde et pourfend à loisir les manières « grosso-modo » des nègres de Macé-doine et de Morne Carabin. Elle s'imagine qu'au bourg on vit dans un plus grand raffine-ment même si, sans illusions sur ses semblables, elle n'ignore pas qu'il s'y trouve foison de mar-loupins et de champions de la déshonnêteté.

A force d'économies, elle peut donc convaincre Assad et ouvrir sa boutique au seul endroit qui lui semble convenable, à savoir face à l'église. Non loin de là : une pharmacie gar-dée par un chien d'En France, de ceux qui ont deux fois la corpulence des chiens créoles et qui feignent d'être doux, et l'Océanic Hôtel, tenu par une imposante mulâtresse dont la progéni-ture est si claire de peau qu'elle passerait pour des Blancs-France n'importe où ailleurs.

Jugeant que désormais nous nous trouvons en honorable compagnie, tante Emérante t'interdit l'usage de l'idiome des coupeurs de canne à sucre et te fait la lecture d'*Intimités* chaque soir, afin que tu améliores ton vocabulaire français. Pour être allée jusqu'au Cours complémentaire deuxième année, elle est dotée d'une culture scolaire supérieure à ses sœurs, hormis ta propre mère.

La toute première nuit passée au bourg est insouffrable.

La mer ne nous baille pas une goutte de répit. Chaque lame semble se fracasser contre les parois mêmes de notre maison et tu écoutes le cœur de ta marraine toupiner follement dans sa poitrine. Ses lèvres chuintent un défilé de « Notre Père qui êtes aux cieux », qui n'ont pour effet que de redoubler les assauts de la mer. De guerre lasse, elle jaillit de son lit et ouvre toute grande la fenêtre. Elle ne peut réprimer un petit cri de chat-pouchine quand elle se rend compte de la masse effrayante qui se meut dans la noireté, comme prête à bondir sur le bourg pour l'engloutir. Ce dernier est silencieux. Le monde dort raide-et-dur, et même les chiens ne jappent point.

« *Yo pa pou konnèt, fout !* » (Ils n'en ont cure !) soliloque-t-elle, incrédule et admirative à la fois, retrouvant, sans même s'en étonner, la langue honnie.

Tu mets moins longtemps qu'elle à apprivoiser la vilainerie de la mer de Grand-Anse. Tu en fais, après la distillerie défunte de Papa Loulou, ton nouveau royaume.

Tu t'escampes, dès après la bolée d'eau de café matinale, pour retrouver une compagnie de petits nègres que nulle corde au pied n'amarre chez eux. Leur maître-pièce s'appelle Jeannot Patte-Crochue et n'a ni père, ni mère, ni marraine, ni protecteur d'aucune sorte. Il dort à même le sable, les rares nuits où le monstre se repose ; autrement, il trouve refuge à l'endroit exact où la brune du soir a saisi son errance. Ce peut être sous un autobus, dans l'encoignure d'une porte de riche mulâtre, dans une des salles du grand marché s'il a pu échapper à la vigilance de « La Loi », le policier municipal, qui ne sait pas coller deux mots de français entre eux mais qui pète toujours plus haut que ses fesses. Parfois, il parvient à déloqueter le dépôt de marchandises de tante Emérante et se régale de jus de pomme-France, de tablettes de chocolat ou de bonbons. Sa savantise t'époustoufle, bien qu'il ne fréquente pas l'école. Il n'y a pas plus fort que lui pour fabriquer d'imparables ratières, où les crabes-sokan les plus aguerris se font attraper en six-quatre-deux. Il sait sculpter des camions dans les copeaux qu'il récupère chez notre voisin de derrière, le menuisier. Leurs roues sont des capsules de Royal Soda et leurs phares des agates jaunes. Une fois, l'un de ses camions Chevrolet a suscité tant d'admiration dans les yeux d'un touriste blanc-Méricain qu'il a pu nous régaler de frozen-sucettes glacées pendant des mois.

Jeannot Patte-Crochue possède la science de la mer.

Lui seul ose plonger à la pointe de La Crabière et nager jusqu'à La Roche, un amas de récifs battus par les vagues où nichent crabes-zagayas, oiseaux-touaous et probablement quelque déité marine qui lui confère cette voix impérieuse, intimidant jusqu'à certains adultes.

Chance pour toi, il t'a pris en bonne passion et fait de toi son lieutenant en brigandageries. Seulement, lui ne risque aucune roustance ni volée de cravache en corde de mahault puisqu'il n'a pas de parents. Aussi es-tu le premier à payer le chapardage du jambon fumé du bal des sapeurs-pompiers, pour lequel il a fallu grimper par-dessus les toits de l'école des filles, ôter une à une des tuiles d'argile rouge et se laisser descendre, ô péril, jusqu'aux immenses salles de classe désertées où la moindre grinçure prend des proportions de vacarme. Jeannot a confectionné une sorte de canne à pêche qu'il faut lancer au moment du « quart d'heure de charme », période proche de minuit où, dans les bals populaires créoles, on éteint toutes les lumières tandis que l'orchestre continue à

jouer, de préférence, un slow des plus langou-
reux, ce qui permet aux gandins de procéder à
des privautés décisives auprès des mamzelles sur
lesquelles ils ont jeté leur dévolu. Nous espérons, sans battre un poil d'yeux et en respirant à
peine, un bon couple d'heures avant que le
préposé aux polissonneries se décide à noyer la
salle dans le faire-noir. L'attrape de Jeannot se
révèle imparable : le jambon, accroché sur un
côté, remonte jusqu'à nous avec d'infinies précautions et lorsque la lumière revient et que
l'orchestre enchaîne sur des mazurkas endia-
blées, nous avons dévoré notre proie jusqu'à
l'os. Avant de nous retirer, par le même chemin,
Jeannot voltige l'os au mitan des danseurs en
hurlant :

« *Sa ki lé zo-a ?* » (Qui veut de l'os ?)

Le lendemain, au chant de l'oiseau-pipiri,
monsieur La Loi se présente sur le seuil de la
boutique de tante Emérante et tient la plaidoirie suivante :

« Madame Augustin, la loi fouançaise, c'est la
loi fouançaise. La Répiblique une et indivisib',
c'est la Répiblique une et indivisib', en foi de
quoi je me permets de procéder à l'arrestation
immédiate et sans condition de vot' filleul, sus-
nommé Raphaël, qui a commandité l'assassinat
du jambon officiel du grand bal annuel des
maîtres du feu, valeureux défenseurs de notre
intégrité maisonnière et territoriale... »

Le temps qu'il brandisse ses menottes et que tante Emérante entreprenne de l'envoyer se faire péter dans le nez par un ours, tu as déjà gagné ton refuge de la plage de Grand-Anse. Tu as déjà retrouvé le grognassement rassurant de la mer et tu sais fort bien que ni La Loi, encore moins marraine, n'oseraient t'y poursuivre.

Tu viens de signer un pacte d'amour indéfectible avec cette mer que des générations d'hommes et de femmes ont décrétée maudite.

LA BOTTE
DE CANNE À SUCRE

A l'approche du serein, moment de la journée où le soleil s'abrunit et où une fifine de rosée adoucit la terre, Man Yise, ta grand-mère, démêle sa chevelure de mulâtresse, assise dans sa dodine, sur la véranda. Elle répond d'un air distrait aux bonsoirs des muletiers et des coupeurs de canne qui rentrent, haillonneux et fourbus, des plantations des Grands Blancs. Un demi-sourire égaye ses lèvres, témoignage du vague à l'âme qui l'étreint, bien qu'elle clame toujours haut et fort qu'elle sait se précautionner contre de tels sentiments.

Les premiers joueurs de dominos s'attablent, sans mot dire, à la case-à-rhum dans l'attente que Léonise, notre servante, veuille bien lever les yeux du journal qu'elle feuillette sur le comptoir. Depuis que les bananeraies se sont mises à remplacer les champs de canne à sucre dans nos campagnes, elle est devenue, ô miracle, une négresse lecturière. L'explication en est fort simple : le transport des régimes de banane nécessitant d'infinies précautions jusqu'au port de Fort-de-France, les planteurs commandent en France d'énormes balles de papier qui servent à envelopper les fruits avant de les mettre en carton. Plus souvent que rarement, il s'agit d'invendus de journaux dont les plus communs sont *Paris-Presse-l'Intransigeant* et *France-Soir.*

Léonise, que personne par ici n'a connue grande-grecque (a-t-elle d'ailleurs traîné son derrière une seule fois sur un banc d'école ?), se prend de passion pour les histoires crapuleuses que narrent ces journaux, en particulier le premier. Elle va se cacher dans le hangar à bananes, où grand-père la surprend, s'extasiant sur l'horreur de photos d'épouses égorgées, de marloupins descendus à la sortie d'une banque qu'ils viennent de dévaliser ou de petites filles retrouvées mortes-violées au fond d'une mare. Puis, à mesure-à-mesure, elle rassemble les maigres connaissances que lui a baillées le père Stégel au catéchisme et entreprend de déchiffrer les articles. S'enhardissant au fil des mois, elle se met à les lire à haute voix pour les amateurs de rhum, sans que personne ne croie un seul mot de ce qu'elle dit.

« Cette bougresse de Léonise est là à nous couillonner, compères, déclare le père de Sonson, maître maréchal-ferrant. Vous croyez que dans un si beau pays comme la France de telles choses peuvent se passer. Pfff !

— Ha-ha-ha ! Léonise est folle dans le mitan de la tête ! » renchérit Man Cia, notre voisine, qui pourtant, accoudée à sa fenêtre, ne perd pas une miette des raconteries de la câpresse.

Grand-mère nous a interdit, à nous la marmaille, d'écouter cette litanie invraisemblable de viols, de crimes ou de tuages d'hommes par dizaines.

Clémence, l'une de ses sept filles, celle qui s'est jurée de n'épouser qu'un homme blond aux yeux bleus et qui écrit sans relâche au courrier du cœur de tous les journaux d'amour auxquels elle est abonnée, est la plus déconfite, sinon la plus malheureuse de tout le monde. Elle a pourtant reçu deux réponses, l'une d'Auvergne, l'autre de la Dordogne, émanant de (soi-disant) richissimes agriculteurs et s'est mise à préparer son trousseau à l'insu de grand-père, lequel s'encolère dès qu'elle fait mine d'aborder la question de son départ. A ce que jargouinent les malparlants de notre quartier, elle aurait même déjà réservé son passage sur le paquebot *Colombie* qui relie la Martinique au Havre, une fois par mois.

Mais il faut se rendre à l'évidence que les lectures de Léonise ne relèvent point de l'affabulation. Deux jours après qu'elle a évoqué l'assassinat d'un plombier par sa femme et l'enfouissement du cadavre dans une dalle en béton, Radio-Martinique rapporte la même nouvelle. De ce jour, on se prend à respecter Léonise et l'on vient de partout admirer la belleté de son langage d'En France.

Les monstruosités de *Paris-Presse-L'Intransigeant* contribuent donc à empesantir l'atmosphère du serein, incitant chacun à se retirer dans sa chacunière. Mais il y existe un nègre, messieurs et dames de la compagnie, un seul, que rien ne parvient à ébranler quelles que soient la saison ou les circonstances, qu'il y ait grande foison de gens dans notre cour de terre battue ou que le hameau soit désert, c'est le sieur Téramène, un conducteur de cabrouet énigmatique, personnage en fort petite amitié avec notre famille pour d'obscures raisons. A l'époque de la coupe de la canne, monsieur s'arrête, à la brune du soir, à la devanture de notre demeure et y lance, les lèvres serrées, une petite botte de cannes pulpeuses amarrées à l'aide d'un insolite fil rouge. Nous nous précipitons sur elle, prêts à lui faire un sort, mais Clémence, impériale, nous bouscule et, pressant la botte contre sa poitrine, décide :

« Ces cannes sont pour moi. Que personne n'y touche ! »

Et de choisir les plus belles, cannes créoles ou cannes pain-et-lait, de les éplucher avec soin avec un canif et d'en dévorer de solides tronçons dont le seul jus, dégoulinant sur le menton de notre tante, nous fait trépigner d'envie. Clémence mange ainsi une canne, deux cannes, trois cannes, parfois quatre et quand le boudin de son ventre est rassasié, elle nous hèle :

« Hé, la marmaille ! Venez aiguiser vos dents, foutre ! »

Nous nous jetons sur le restant de la botte dont les cannes, visiblement levées dans un jardin créole, possèdent une saveur autrement plus délicieuse que celles des plantations.

Le manège de Téramène dure les six mois de la récolte, puis lorsque l'hivernage se met à désagrémenter les cieux, que de brusques pluies-avalasses noient le chemin de pierre, nous contraignant à rester enfermés à la maison, hormis de brèves embellies, à l'heure du serein justement, monsieur se poste devant la haie de coquelicots qui protège notre maison de la poussière et des regards fouailleurs, et s'écrie en créole :

« *Klémans, fout ou lèd ! Hon-hon-hon ! Man pa jenmen wè an fanm sitèlman lèd nan lavi mwen.* » (Clémence, ce que tu peux être laide ! Hon-hon-hon ! Je n'ai jamais vu un tel laideron de toute ma vie.)

Personne, ni à la maison ni à la case-à-rhum, ne semble prêter attention à ce bougre qui véhémente jusqu'à ce que le noir couperet de la nuit lui tranche la langue ou que le vacarme des

174

cabris-des-bois lui rabatte sa caquetoire. Il n'y a que ta petite personne à réagir avec virulence. Tu lui voltiges des roches au jugé, tu injuries sa maman et sa marraine, tu le menaces des foudres de Dieu-le-Père ou de buter sur un zombi lorsqu'il s'en retournerait chez lui à l'en-haut du Morne l'Étoile.

« Un zombi ? ricane grand-père. Tu rêves, mon garçon. Ce Téramène-là se transforme en cheval-à-trois-pattes pendant la nuit, oui.

— En chien aussi ! affirme aussitôt Léonise que les agissements de celui qu'elle appelle "le jappeur" agacent au plus haut point.

— D'où tu tires de telles couillonnades ? » ronchonne Man Yise en se mettant à sa machine à coudre Singer.

La servante atteste des métamorphoses canines du sieur Téramène en demandant à chacun de se souvenir du jour où il a arboré un bandeau ensanglanté sur tout un pan de sa figure.

« La Simca Aronde de Romuald avait pris panne sur la route, précise-t-elle. Ce que je faisais avec ce beau mulâtre plein de gamme et de dièse, ne me le demandez pas, non. Ça, c'est mon affaire ! Eh ben, nous avions décidé de dormir dedans jusqu'au lendemain où quelqu'un nous aurait dépanné. A un moment, nous avons entendu des aboiements autour de la voiture et, par les vitres, nous avons aperçu un

chien énorme, presque gros comme un bœuf —
je ne vous baille pas de menteries, je le jure ! —
qui tournait-virait autour de l'Aronde, toutes
dents dehors. Heureusement, la voiture était
bien fermée mais vous connaissez le tempérament de Romuald, téméraire comme il est, il a
ouvert la portière, a attrapé une roche et a
fendu la tête du chien avec. L'animal a hurlé
kouililik ! kouililik ! kouililik ! avant de s'escamper en criant "Je vais m'occuper de vous très
bientôt, vous allez voir !". Après, on a redormi
tranquillement et le taxi-pays nous a secourus à
six heures du matin. Hé-hé ! Quand j'arrive ici,
qu'est-ce que je vois sur le bord du chemin, la
tête entourée d'un pansement : cet endiablé de
Téramène ! Et qu'est-ce qu'il me sort : "Hier
soir, tu m'as blessé, aujourd'hui c'est moi qui
vais te tuer." J'ai ri, j'ai ri, j'ai ri mon compte de
rire et, jusqu'à ce jour, les malfeintises de ce
monsieur n'ont jamais pu m'atteindre. Le père
Stégel me reproche d'être mécréante mais la
Vierge Marie me protège. »

D'autres fois, quand grand-mère est descen-
due au bourg de Grand-Anse du Lorrain et que
grand-père drivaille nul ne sait où sur son cheval, Téramène s'enhardit à s'approcher de
notre véranda, les yeux hagards, faisant craquer
ses doigts de terrible manière. Tes tantes
rentrent précipitamment dans leur chambre,
sauf Clémence qui vaque à ses occupations sans

jamais prendre la hauteur du nègre, sans prendre sa toise, si on préfère. C'est comme s'il n'existait pas pour elle. Arrivé à quelques centimètres de ta tante, Téramène la frappe sur le bras avec douceur en criant :

« *Fout ou lèd ! Man pa enmen'w ! Pa kwè man enmen, non. Man pa enmen moun-lan ki mété mwen anlè latè-a, ajijéwè wou !* » (Comme tu es laide ! Je ne t'aime pas ! Je ne t'aime pas du tout. Je n'aime pas celle qui m'a mis au monde, et toi encore moins !)

Clémence ne bronche pas. On aurait juré que les tapes du conducteur de cabrouet comptaient pour du vent. De grosses gouttes d'eau dégoulinent sur les deux pommes de la figure de Téramène qui répète sans cesse :

« *Man pa enmen'w ! Man pa enmen'w !* » (Je ne t'aime pas ! Je ne t'aime pas !)

Dès qu'il croit entendre le bruit d'un moteur qui monte du bas de la route de Macédoine, il déchauffe de notre devanture, chose qui provoque maints esclaffements dans la case-à-rhum où ses simagrées ne sont pas non plus prises très au sérieux. Pour ta part, la débonnaireté de ta tante envers lui t'interloque et tu envisages, avec toute la détermination dont tu es capable, de lui péter le fiel, quoiqu'il soit en âge d'être ton père et qu'il doive posséder une force herculéenne dans ses bras de travailleur de la canne. Une telle haine mérite rétorsion, tambour de braise !

Tu songes à demander son aide à Sonson, le chef des négrillons, mais il fait preuve d'amicalité envers Téramène pour lequel il achète des commissions à la boutique. Hermann, le nègre-caraïbe qui concubine avec Léonise, vit hors du monde et du temps, ne s'autorisant que de rares soliloques lorsqu'il vérifie les fers des chevaux. Lui non plus ne te serait pas d'un grand secours. Pas question de t'en ouvrir aux tafiateurs, aux joueurs de grains de dés, aux fainéantiseurs et aux vieux-corps désœuvrés qui hantent la case-à-rhum : ils te riraient au nez. Tu dérobes donc un coutelas dans la case à outils, méditant de hacher Téramène en mille morceaux lorsqu'il lui arrivera de s'écrouler fin saoul dans le chemin, sans qu'aucune âme charitable vienne le ramasser.

Toutefois, l'hivernage prend fin sans que tu trouves l'occasion de mettre ton projet à exécution. Mais Man Yise découvre le coutelas sous ton matelas, elle qui a accusé Moutama de l'avoir dérobé et en a ôté le montant sur la solde hebdomadaire du pauvre couli, et furieuse comme tu ne l'as jamais vue auparavant, elle te met au piquet en plein soleil, dans la cour, jusqu'à ce que tu sentes ta tête éclater.

« *Poutji ou ka fê ti boug-la méchansté kon sa ?* (Pourquoi fais-tu voir de telles misères à ce garçon ?) s'inquiète grand-père.

— *Sa pa zafe'w ! Sa ké apwann li mélé moun.* »

178

(Ce n'est pas ton problème ! Ça lui apprendra à embarrasser les grandes personnes.)

Il n'est, en effet, pas question que Man Yise reconnaisse qu'une fois de plus elle a fait montre de partialité à l'endroit de l'Indien. Elle redépose le coutelas à sa place et, quand Hermann le découvre, elle ne fait qu'un bref commentaire :

« Le voleur sait que le Bondieu l'a vu, alors sa conscience l'a obligé à faire marche arrière. »

Si bien que la saison du carême s'empare à nouveau de la terre, roussissant les herbes et verdissant les champs de cannes à perte de vue. Les cabrouets reprennent leur aller-venir dans le chemin. Les muletiers et les coupeurs de cannes se font plus matineux. Leurs exclamations joyeuses te saisissent dans ton sommeil. Téramène recommence à déposer sa botte de cannes à fil rouge dans notre cour et Clémence, oublieuse des coups qu'il lui a baillés, s'en délecte sans vergogne. Cette fois-ci tu te refuses à participer au festin des dernières cannes.

« J'ai mal aux dents », prétextes-tu, boudeur.

Et puis, un beau jour, grand-père se costume de noir, se cravate, se botte, se met un feutre sur le crâne et lance :

« Je vais causer à ce Téramène, oui. »

Tu sautilles, transporté de joie. Tu bandes tes muscles, prêt à lui prêter main forte dans la bagarre. Quand grand-père emprunte la trace

179

qui mène à la case du conducteur de cabrouet, tu le suis d'un pas décidé. Il ne s'aperçoit même pas de ta présence, tant et tellement il est pénétré de l'urgence et de l'importance de sa mission. Le bonhomme épluche un fruit-à-pain, assis sur un banc, devant sa cahute. Un feu rugit entre quatre pierres, sur lesquelles il a placé une casserole noircie jusqu'au manche. Il se redresse avec une vivacité qui te paraît suspecte et s'essuie les mains contre son pantalon.

« *Sa ou fè, mèt Odjisten ?* (Comment allez-vous, maître Augustin ?) balbutie-t-il.

— Je tiens bon. Je tiens !... Monsieur Téramène, je suis spécialement venu vous voir pour que les choses soient claires désormais.

— Les cho... choses ?

— Oui. Je veux savoir quand vous allez me bailler une date », fit grand-père sur le ton le plus raide qu'il put.

Téramène, incrédule, regarde tout autour de lui, t'aperçoit, veut signaler ta présence, se ravise, invite grand-père à entrer boire un coup de rhum. Les deux hommes s'installent à l'intérieur sans parler pendant un bon moment, comme s'ils se jaugeaient. Tu ne comprends plus rien. Au lieu de ficher une bonne égorgette à cet insignifiant de Téramène, voilà que grand-père s'accointe avec le bourreau de sa fille.

« Alors cette date ? reprend grand-père.

— Ça... ça ne dépend pas de moi...

— Comment ça, ça ne dépend pas de vous ?

— Elle est d'accord ? Clémence est donc d'accord, monsieur Augustin ?

— Qu'est-ce que tu me chantes là, mon bougre ? se fâche grand-père. D'accord ou pas d'accord, le mal est fait. Depuis le temps que tu lui fais la cour, tous les autres jeunes gens de Macédoine se sont déjà détournés d'elle. Elle a maintenant l'âge de se marier et c'est tant pis pour toi qui l'as choisie. »

Alors un phénomène extraordinaire se produit sous tes yeux. Personne ne te l'a raconté : tu l'as vu de tes yeux vu. Le conducteur de cabrouet, réputé renfermé et mélancolique, en tout cas taciturne, hurle sa joie en sautant à la façon d'un cheval fou. Se rue au-dehors, se roule dans l'herbe-de-Guinée, prend le ciel à témoin. S'époumonne :

« Merci Bondieu ! Merci la Vierge ! Merci les Saints du Ciel ! Merci-merci-merci ! »

Grand-père ne s'émeut pas de tout ce cinéma et attend que Téramène ait fini d'embrasser le sol et de danser avec les arbres, pour réitérer sa question :

« La date, s'il vous plaît ?

— Mais quand tu veux, maître Augustin ! Aujourd'hui même ! Demain ! La semaine prochaine si-Dieu-veut ! »

Pour la première fois, le vieil homme se déride et baillant une accolade vigoureuse à Téramène lui déclare :

« Tu es un homme sérieux. J'aime ça. J'ai fixé la date pour le samedi de Pâques. Prépare ton linge, va à la mairie pour mettre tes affaires en règle, moi, je me charge du reste. »

Une bouffée de colère t'échauffe le front. Grand-père est-il tombé fou ? As-tu mal entendu ? Tout cela n'est peut-être qu'une ruse de sa part avant de péter l'école de ce salaud qui déteste tant ta tante Clémence. Tu t'enfuis à la maison, secoué par des hoquets de colère. Man Yise t'interpelle :

« Hé ! Où tu vas comme ça à cette heure-ci ? Viens prendre ton quatre-heures. »

Le morceau de pain-margarine-saucisson qu'elle te tend (et qui d'habitude te comble d'aise) finit dans les halliers. Tu te jettes sur ton lit, te couvres la tête de ton oreiller pour pleurer. Une main caressante s'attarde sur ta nuque après quelques instants. Une voix te demande :

« Pourquoi tu as le cœur gros, petit bougre ? »

Léonise, notre fidèle Léonise, a tout compris. Elle est plus attentive à ton désarroi qu'aucune de tes tantes, et ne parlons même pas de Clémence qui se pavane sans un regard pour toi. Tout le monde semble content de son heureuseté toute neuve. Man Yise paraît soulagée.

« Mais Téramène l'a battue plusieurs fois, Léonise, fais-tu révolté.

— Tu es encore trop innocent pour comprendre certaines choses. Trop petit... Téra-

182

mène n'a pas injurié ta tante, il ne l'a pas battue. C'était du jeu, tout ça. C'est notre manière à la campagne de montrer à quelqu'un qu'on l'aime. »

Pour de vrai, Clémence aime Téramène ou, en tout cas, s'emploie à montrer à tout un chacun qu'elle approuve les sentiments que le cabrouettier nourrit à son égard. Oubliés ses prétendants aux yeux bleus d'En France ! Téramène cesse son manège du serein — finies les belles cannes juteuses ! —, s'habille comme un muscadin, se lotionne d'importance et vient faire la conversation à tes grands-parents tous les après-midi précédant le jour fatidique.

Pendant ce temps, tes tantes proprètent les coins et recoins de la maison tandis qu'une couturière, venue du bourg, essaie une robe d'organdi sur la future épousée qui jacasse à n'en plus finir, proposant de coudre tel bouton plus haut ou d'élargir tel pli. Elle t'a oublié nettement-et-proprement et cela non plus tu ne parviens pas à le digérer. Elle a choisi un sien cousin vivant à la ville comme témoin. Celui-ci arrive quatre jours avant la cérémonie, le front soucieux, mais distribue des cadeaux avec générosité. Il t'offre trois livres de la Bibliothèque verte, et par là même gagne ta neutralité grâce à Alexandre Dumas.

La veille des épousailles, le cousin réclame un conseil de famille, l'air grave et déterminé. Il exige la présence des sept filles de Man Yise, de Parrain Salvie, leur frère, qui vit au Morne Carabin et d'un nombre indéterminé de « petits parents » et d'alliés venus de toutes les campagnes de Grand-Anse du Lorrain. Le cousin a posé une sorte de mallette noire sur la table du salon, attendant debout, droit comme un piquet, que chacun ait trouvé un siège. Accroupi dans un angle de la véranda, tu observes la scène à travers les persiennes. Tu remarques qu'une nervosité grandissante est en train de s'emparer de ta grand-mère, chose qui se manifeste invariablement par un triturement des pointes du madras qu'elle porte sur sa tête. Le cousin salue chacun par son nom, a une parole aimable pour les anciens, puis se tait comme pour chercher les mots qu'il doit prononcer afin de ne froisser personne. Le nègre est quelqu'un de si-tellement susceptible, messieurs et dames ! « Aussi susceptible qu'un pet est chaud », a coutume de dérisionner notre servante Léonise.

« Chers parents, commence-t-il, solennel, je m'oppose à ce mariage. Pardon Clémence ! J'ai peine à chiffonner ton cœur, d'autant que chacun ici sait que tu n'es pas une friquenelle. Ta sériosité a toujours fait l'admiration de tous. Mais, cousine, tes parents ont oublié le mal que nous a fait la famille Téramène. »

Et le villageois de s'embarquer dans une philippique étourdissante au cours de laquelle tu apprends que le père du cabrouettier s'était indûment approprié deux cents carreaux d'excellentes terres appartenant à la famille Augustin, la nôtre, cela en 1903, c'est-à-dire un an après l'éruption de la montagne Pelée. Cette propriété avait toujours été cultivée en commun par les frères de Man Yise jusqu'au jour où, jugeant sans doute que le Morne Capot se trouvait trop éloigné de la civilisation, ils s'étaient installés un à un au bourg de Grand-Anse ou même, courageusement, à Fort-de-France. Tous, sauf l'aîné, un nommé Marceau, qui finit par y construire sa case où il vécut toujours sans femme, ayant un tempérament mangouste. Le bougre avait pour habitude de se rendre à Saint-Pierre, une fois par mois, pour s'acheter des vêtements et des outils et c'est là que la nuée ardente le surprit. Ses cultures demeurèrent sans maître de mai 1902 à février de l'année suivante, où un Téramène quelconque, puis deux, puis trois, sans faire grand bruit, accaparèrent les lieux et, le jour où le père de Man Yise, alerté enfin, vint leur demander des comptes, ces grandgousiers l'accueillirent à coups de fusil. A beau dire-à beau faire, notre famille n'a jamais pu obtenir gain de cause, ni devant la Justice des hommes ni devant celle de Dieu, car les occupants vieillirent si vieux que le monde finit par s'habituer à leur présence et par considérer qu'ils étaient les véritables possesseurs de ladite propriété.

« Je ne cherche pas à réveiller les morts, martèle le cousin, d'ailleurs bien que les Téramène, avec tous leurs aidants et confortants, aient passé quarante ans à l'exploiter sans nous reverser un seul sou, voilà qu'aujourd'hui cette propriété est en friche, chers parents. Quel nègre veut s'esquinter à travailler la terre de nos jours, hein ? Mais nous ne pouvons pas vivre dans la déshonorance perpétuelle non plus. La famille Téramène a dérespecté la famille Augustin et, tant que l'oncle Marceau ne sera pas vengé, sa maudition nous poursuivra jusqu'à la septième génération. Moi-même qui suis devant vous là, j'ai usé mes os à Panama pendant etcétéra de temps, mais ça a été pour rien puisque, quand le canal a été construit, je suis rentré en Martinique en tendant une main devant et l'autre par-derrière. Si je suis bien habillé, ne croyez pas que mes affaires roulent bien comme il faut. Pas du tout ! Je djobe chez un Syrien qui me permet de temps en temps de m'approprier du linge qu'il ne parvient pas à vendre. Donc, chers parents, ce mariage-là ne se fera pas tant que moi je serai vivant. Bonsoir, la compagnie ! »

Un tonnerre-de-Dieu éclate dès que le cousin sort de la maison pour se rendre à pied au bourg de Grand-Anse où il loge. Clémence est frappée par le mal-caduc et Léonise a beau lui

186

frotter les tempes avec du rhum camphré, Man Yise a beau réciter combien de « Je vous salue Marie », tante Emérante a beau protester qu'il est idiot de s'appesantir sur des histoires datant de la colonie, grand-père a beau aller-venir sur la véranda, soucieux cependant de ne pas ajouter à la tonitruance générale, personne ne trouve la parade. Téramène, averti au plus vite par Radio-bois-patate, ne fait pas sa visite quotidienne, le lendemain après-midi.

Deux jours s'écoulent ainsi dans un silence de mort. Le cousin règne en maître sur la maisonnée et même grand-père semble craindre d'entrer en conflit avec lui. Le cousin règle de sa poche toutes les dépenses qui ont déjà été engagées pour les épousailles, cela sans lésiner. Certains ont beau multiplier par trois le prix des moutons qu'ils ont réservés à Man Yise, il ne sourcille pas le moins du monde.

La veille du grand jour, au matin, un nègre à cheval se présente dans notre cour en hélant le nom du cousin. Il lui tend une lettre sans mot dire et fait volter sa monture.

« Hon ! Un cartel ! C'est un cartel..., grimace Léonise.

— C'est quoi un cartel ? demandes-tu.

— Une lettre dans laquelle Téramène convoque votre cousin en duel. Cela ne se fait plus depuis un siècle de temps. Le gouvernement l'a interdit... »

Comme s'il s'était attendu à une telle éventualité, tu vois le villageois ôter deux pistolets de sa petite mallette noire et entreprendre de les démonter et huiler. Deux pistolets au canon aussi long que ceux de Burt Lancaster dans ces films du dimanche matin, à la salle paroissiale du bourg, qu'offre à tour de rôle l'une des tantes, lorsque la marmaille s'est montrée sage au cours de la semaine, chose qui, il faut l'avouer, se produit très rarement. Pas une semaine sans que l'un ou l'autre des négrillons commette une bêtise, comme de dépecer le manguier d'un voisin à coups d'arbalète ou de vagabonder dans la campagne jusqu'à la tombée de la nuit.

Le cartel a fixé l'heure de l'explication au jour même de la cérémonie et, pure provocation, à la même heure. Le lieu en est tenu secret tant par Burt Lancaster que par Téramène, lesquels refusent d'admettre quoi que ce soit devant la maréchaussée venue enquêter, sans doute à la suite des supplications de Man Yise. Hermann, le concubin de Léonise, qui ouvre la bouche une fois l'an, est formel :

« Ça se passera à Savane Pois-Doux, messieurs-dames. Il n'y a pas de meilleur endroit. »

Il se trompe. Les deux combattants, peu soucieux des rigueurs de la loi et du qu'en-dira-t-on, s'affrontent au vu et au su de tout le monde dans le chemin de Macédoine, non loin de la boutique. Ils se collent dos à dos et le béké-goyave de Valminier est convié à compter jusqu'à dix, tandis qu'ils avancent vers leur destin d'un pas ferme. Tante Emérante a dû bâillonner Clémence à l'aide d'un mouchoir-de-tête pour l'empêcher de hurler. Grand-père a rassemblé des pansements sur la table de la véranda ainsi qu'une bouteille de mercuro-chrome d'un geste fataliste. Curieusement, ta haïssance pour Téramène disparaît comme par enchantement. Tu souhaites même qu'il défigure ce prétentieux et autoritaire qui a pris le pouvoir dans la maison dès son arrivée. Comme si les gens d'En Ville étaient faits d'une pâte supérieure à celle des nègres de la campagne !

Au chiffre dix, les deux hommes se retournent instantanément et font feu. L'arme du cousin s'enraye tandis que Téramène le touche par deux fois à l'épaule. Il s'écroule sans un cri et nous le croyons mort. Nous nous précipitons sur son corps barbouillé de sang. Dans l'affolement le plus total, Hermann parvient à le charroyer sur la véranda où, d'une voix faible mais le sourire au coin des lèvres, le cousin nous rassure :

« L'oncle Marceau est maintenant fier de notre famille. Clémence peut épouser son Téramène. Allez, bandez-moi l'épaule, s'il vous plaît ! »

Téramène en profite pour retirer ses pieds.

Non seulement de notre quartier de Macédoine mais aussi du bourg de Grand-Anse. Et aussi de la Martinique, à ce que l'on apprend quelques mois plus tard. Quelqu'un l'a vu embarquer sur le paquebot *Antilles* à destination de l'Europe, d'où il n'envoya jamais de ses nouvelles. Sa case devint le repaire des négrillons du hameau avant de brûler dans un mystérieux incendie, la nuit de noël 1961.

« *Kon sa yé a, sé wou kay mayé épi Klémans* » (Bon, eh ben c'est toi qui épouseras Clémence), conclut grand-père, lorsqu'on finit par comprendre que le cousin n'avait aucune intention de regagner ses pénates urbaines.

Ce qui est dit est fait. Sans hâte ni faste. Sans gragement de dents ni joie débordante. Mais, sa vie durant, tante Clémence s'attacha ses cheveux de chabine-mulâtresse à l'aide de fils rouges dont son mari, bien qu'il la harcelât de questions, ne parvint jamais à déterminer la signification. Dans son petit jardin potager, elle veilla toujours à planter également deux-trois pieds de canne créole juteuse qu'elle mâchonnait, rêveuse, certains après-midi de carême où l'extrême chaleur contraignait tout le monde à faire la sieste ou juste un brin de pauser-reins.

FORT-DE-FRANCE

La famille de ton père vit à la capitale. Sa mère est une demi-Chinoise fort belle qui a porté Yang-Ting comme nom de jeune fille. Sa boutique de la rue Antoine Siger, au mitan de la ville, est la plus achalandée de l'endroit. Les marchandes de légumes du grand marché tout proche, descendues de leurs campagnes pour la journée, y viennent s'approvisionner en savon, en pommes-France, en vin ou en fromage gruyère. Elle trône sur une estrade où elle tient la caisse, tandis qu'une armée de commis et de djobeurs nègres s'affairent dans la boutique et dans son immense arrière-cour où sont stockées les marchandises qu'elle achète des mains des Grands Blancs du Bord de Mer.

Deux fois l'an, un message mystérieux parvient à tante Émérante, au fond de notre campagne de Macédoine, et nous la voyons ronchonner, mes sœurs, Chantal et Monique, mon frère Miguel et moi, à l'endroit de « ces mulâtres pleins de gamme et de dièse ». Elle nous fait elle-même une toilette si complète que nous en pleurons : décrottage soigneux de nos oreilles, taillage de nos ongles, démêlement à la vaseline de nos cheveux, parfumement et pomponnage incessant jusqu'à l'ultime minute où nous embarquons à bord du taxi-pays rouge de Parrain Salvie, son frère aîné.

« *Fòk pa sé moun-lan di nou sé an bann malpròp padavwè nou ka rété lakanpay, tonnan di brèz !* » (Faut pas qu'ils disent qu'on est des malpropres parce qu'on vit à la campagne, tonnerre de braise !) nous bassine-t-elle depuis la veille.

Le voyage nous semble durer une éternité. Parrain Salvie s'arrête dans chaque commune pour remplir d'eau fraîche le radiateur de sa « Bombe » Renault (et aussi pour saluer ses diverses concubines, appris-je bien longtemps après). Nous avons la taille si courte que nous ne distinguons que le haut des poteaux électriques et leurs fils souvent ballottés par le vent. Parfois une case se détache de la verdure à flanc de morne, si abruptement placée qu'elle semble prête à tomber dans le vide d'une seconde à l'autre. Les passagers nous offrent du nougat-pistache ou du soda dans des gourdes. Certains prient sans arrêt, de peur que quelque accident ne se produise ; d'autres, plus nombreux, brocantent d'interminables conversations dans un créole d'une richesse inconnue de nos jours.

En final de compte, la Bombe Renault débouche sur le boulevard de la Levée, qui transperce le giron de la ville de part en part. Les marchandes s'exclament d'un ton presque religieux :

« *Mi Lalvé !* » (Voici La Levée !)

Tu grimpes sur la banquette, avide d'accaparer la splendeur de la ville, le tourner-virer des autos, l'interminable déambulation des gensses. Les hommes arborent tous un chapeau, en bakoua ou en feutre, tandis que les femmes s'amarrent les cheveux de madras aux couleurs de joie. Tu t'étonnes que les tamariniers soient chargés de lourdes grappes marron : nul oiseau, ni marmaille ne les embêtent. Des Indiens balayent les dalots à l'aide d'immenses balais-coco qui semblent plus solides que leurs pauvres carcasses.

A la Croix-Mission, principale station des taxis-pays, des hordes de djobeurs accourent, ceinturant le véhicule de leurs charrettes à bras et poussant des cris de ralliement tout-à-faitement indéchiffrables pour ta petite personne. Chaque marchande a son préféré et Honorat Germanicus, l'accoreur de Parrain Salvie, doit faire très attention à ne pas déposer le panier de Man Sossionise dans la charrette de Pin-pon, sinon il récolte une litanie d'injures :

« Espèce de petite couille de chien sans poils, tu ne vois pas que tu es en train de me dérespecter ? Depuis quand ai-je partie liée à ce tafiateur de Pin-pon ? »

« Mâle cochon châtré que tu es, regarde le travail que tu fais, saperlipopette ! Tu veux mettre de la déveine sur ma tête de négresse ce matin ou bien quoi ? »

« Tonnerre de Brest, Salvie, qui t'a baillé ce bougre dépourvu d'esprit, hein ? Sa mère l'a accouché un Mardi gras à ce qu'il paraît. »

Tante Rachel vient te chercher en compagnie d'une servante qui porte ton panier caraïbe. Tu trembles devant elle, n'ayant jamais expériencé tant d'élégance. Elle te parle un français si brodé que tu n'oses ouvrir la bouche, de peur d'écorcher les mots, et tu ne peux pas non plus parler créole, de peur de passer pour un indécrottable habitacot. Tu es donc muet. Muet quand ta grand-mère chinoise te serre dans ses bras et pose ses yeux en amande droit devant les tiens. Grand-père te demande des nouvelles de ceux de « là-haut » sans que tu parviennes à articuler autre chose que :

« Tout le monde va bien. »

Tes cousins de la ville, tous mulâtres, t'intimident eux aussi. Ici, c'est toi qui es le négrillon. Les rôles sont inversés. En ta présence, ils ne se gênent pas pour passer des après-midi entières à feuilleter des albums de Tintin et Milou ou d'Hoppalong Cassidy. Ou bien à passer des disques de Françoise Hardy. On bien à aller au cinéma Pax voir les exploits d'Hercule et de Maciste. Ils causent de Paris comme s'ils y avaient déjà mis les pieds, refusent de sortir sans souliers et sans vêtements repassés, ne se servent jamais tout seuls à la cuisine mais attendent sagement à table que la servante s'occupe de chacun d'eux, ignorent tes propositions de drivaille au bord du canal Levassor.

Tôt le matin, tu observes le va-et-vient des djobeurs aux abords du Grand Marché, t'étonnant de la foultitude de tant d'odeurs qui à la campagne sont, par la force des choses, dispersées. C'est donc à la ville que tu as pour la première fois senti l'ivresse que procurent les effluves de vanille, de bois d'Inde, de clous de girofle, de café grillé et de bâton-cacao. Notre rue, la rue Antoine Siger aboutit à la rue des Syriens, dite rue François-Arago. Déjà, notre plus proche voisin est un Levantin jovial dont le magasin, « Aux tentations de l'Orient », ne désemplit pas. Ses ballots de toile resplendissante encombrent une partie du trottoir, où un crieur nommé Lapin Échaudé, sans doute à cause de la blancheur démesurée de sa peau, s'époumonne :

« Accourez, mesdames et messieurs de la compagnie ! Accourez chez Wadi-Abdallah, le plus grand, le plus estimable, le plus extraordinaire palais de l'habillement ! Pantalons en ter-

gal à cent francs seulement ! Corsages à cinquante francs ! Accourez mesdames-
messieurs ! »

Tu peux demeurer des heures entières à
boire son chacha, te demandant s'il ne possède
pas quelque moulin à paroles dans le ventre. De
temps à autre, le Syrien fait son apparition sur le
pas de sa porte, l'air très satisfait, et hâble en
arabe, à très haute voix, avec l'un de ses compatriotes qui tient boutique deux maisons plus bas.
Tu aimes te pénétrer de leurs envolées guttu-
rales, tellement rapides qu'on jurerait que leurs
langues galopent dans leurs bouches.

Si à Grand-Anse on t'a interdit la mer, En
Ville, il existe aussi des lieux à ne point fréquenter. La frontière en est le boulevard de la Levée,
que le gouvernement a rebaptisé Général-De-
Gaulle quelques années plus tôt mais que le
monde s'entête à désigner par son ancien nom,
bien que le président de la France soit tenu en
vénération par tous, en particulier par le petit
peuple.

Au-delà de La Levée donc, se trouve le quartier mal famé des Terres-Sainvilles où les rues ne
sont pas toutes asphaltées et éclairées par l'électricité publique. Là croupit la gueusaille la plus
dangereuse, les manieurs de jambette effilée,
experts à vous dérober votre portefeuille, les
majors à qui il faut obéir en un battement

d'yeux sous peine de perdre la vie, les quimboi-seurs (dont le sinistre Grand Z'Ongles) et autres manieurs de sorcellerie, les Coulis loqueteux d'Au Béraud, près du canal Levassor, chargés de balayer les rues avant le devant-jour, et surtout les ribaudes, les femmes de tout le monde, les putaines, ces bougresses qui possèdent un porte-monnaie entre les cuisses. A Terres-Sain-villes, on n'entend que le créole le plus rude, fait de mots imprononçables pour les mulâtres du centre-ville et de jurons interminables qui ont le don de te ravir. Car, En Ville aussi, tes proches n'ont pas réussi à te dépersuader de t'accointer avec les rebuts de l'humanité.

Une attraction irraisonnée te pousse, le dimanche, après la messe de neuf heures, à esquiver la séance de cinéma au Pax, où des colosses déplacent des montagnes et des temples barbares de leurs seuls muscles, pour musarder rue de l'Ouvrier-Albert ou rue de la Pétition-des-Ouvriers-de-Paris, repaires des communistes. Ce mot, prononcé avec réproba-tion et effroi par ton père, te hante dans tes pérégrinations et tu t'attends, à tout instant, à voir surgir quelque créature monstrueuse à deux têtes crachant du feu au détour des ruelles sombres des Terres-Sainvilles. A la campagne, Man Yise te met en garde contre les nègres-marrons voleurs d'enfants innocents ; ici, En Ville, les communistes doivent être encore plus redoutables puisqu'ils n'hésitent pas à s'attaquer aux grandes personnes. On leur attribue des assassinats crapuleux, des vols d'argenterie et de vaisselle en porcelaine, des destructions gratuites de biens privés et publics.

« Et le pire, c'est que monsieur le maire les soutient ! » soupire l'un des frères à Manman Jenny, ta grand-mère chinoise.

Certains dimanches après-midi, quand ta servante Hortense a ordre de t'emmener en promenade sur la place de la Savane, tu lui fais du chantage pour qu'elle t'autorise à filer vers le Morne Pichevin, petite éminence encore plus crapuleuse qui surplombe le sud du boulevard de la Levée, au pont Démosthène très exactement. Il t'a fallu du temps pour bien saisir le cérémonial de cette Savane où Joséphine de Beauharnais, l'épouse de Bonaparte, regarde de très haut, dans sa blancheur immaculée de marbre de Carrare, les descendants de ceux que sa famille ont si longtemps tenus en esclavage.

De vastes allées ombragées de tamariniers vénérables étoilent la place et des bancs, également de marbre, froids au toucher en dépit de la chaleur des après-midi, permettent aux gens de même engeance de commenter les dernières raconteries de Radio-bois-patate, notre rumeur populaire.

Près du kiosque à musique, où un orchestre s'échine à jouer de la musique d'enterrement

198

(celle que les Blancs-France appellent « classique »), se trouve le banc des Sénateurs. Des messieurs costumés, l'air grave, la moustache bien lustrée, la canne à pommeau et la montre à gousset bien en évidence, y débattent du devenir de la France et de ses lois.

Un peu plus loin, sur le banc des Syriens, tout ce qu'En Ville compte de commerçants en tissus, levantins, italiens, juifs, vient bavarder d'on ne sait trop quoi dans leurs langues bizarres où le « r » semble avoir une place prépondérante. Il t'arrive souvent de te rapprocher d'eux juste pour goûter leur débit saccadé, leurs gestes grandiloquents et leurs accolades démonstratives. Parfois, ils s'oublient à lâcher une phrase en créole, et même un né-couillon peut deviner quel est l'objet de leurs bavardages. Dans d'autres allées : le banc des jouvencelles, jeunes filles en fleur surveillées par des chaperonnes, celui des bourelles, femmes de mauvaise vie, promptes à dérisionner les passants mâles sur l'apparente modestie de leurs capacités fornicatrices, celui enfin des majors où se trament les mauvais coups qui feraient jargouiner Radio-Martinique des jours entiers. Les lycéens ne s'asseyent pas : ils disposent d'une allée à eux tout seuls, l'Allée des Soupirs, où par grappes de garçons ou de jeunes filles, ils déambulent en s'envoyant des œillades sans équivoque ou des paroles douces et insistantes qui ne trouveraient de résultat qu'au terme de l'année scolaire.

A huit ans, tu as compris tout le manège de la place de la Savane.

Tu as compris qu'Hortense n'a qu'une hâte, celle de retrouver son amant, Fils du Diable en Personne, un major redoutable qui règne à la fois sur le Bord de Canal, une bonne moitié des Terres-Sainvilles, la Cour Fruit-à-pain et le Morne Pichevin. Elle vous achète, vitement-pressé, des snow-balls à la grenadine, vous demande de jouer tranquillement sur l'herbe en attendant qu'elle revienne de faire pipi au Bois de Boulogne, portion de La Savane jouxtant la Maison des sports et, par-delà la rue, le Fort Saint-Louis. Cachées par la touffeur des amandiers-pays, des bois-coq et des tamariniers, des bourelles se font coquer à même le sol, ou tout debout, pour des sommes dérisoires. Les amants honnêtes y ont aussi leur emplacement et Hortense n'oublie jamais d'y rejoindre Fils du Diable en Personne, bien qu'elle ne lui ait jamais parlé. Elle t'a expliqué que le bougre l'a remarquée lors de vos promenades dominicales et qu'il lui a intimé l'ordre, d'un geste du menton, de le suivre tout en caressant la lame brillante de sa jambette de Sheffield. Elle a dû obtempérer et il l'a dénudée sans un mot, avant de la chevaucher avec sauvagerie sur un morceau de carton. Son forfait accompli, il renvoie Hortense, toujours sans débâillonner les dents, et revient au grand jour sous les vivats de ses jacassières de femmes de mauvaise vie qui peuplent le banc des Bourelles.

Tu t'es mis à l'observer et tu as remarqué avec émerveillement qu'il agit de même avec tout ce que la ville compte de servantes promenant des petits mulâtres, sauf celles qui s'occupent de bébés dans des poussettes. On dit qu'il a le plus grand respect pour les nourrissons. Nous, les petites marmailles qui savons gambader partout, il semble ne pas nous voir. Son regard passe trop au-dessus de nos têtes, aussi n'éprouvons-nous guère d'appréhension à son endroit. Un après-midi, tu comptes douze aller-venirs entre l'allée favorite des servantes et le Bois de Boulogne. Un vrai coq-game, ce Fils du Diable en Personne ! Tu serres les dents avec une détermination comique, te jurant de battre son record quand tu deviendras une grande personne.

Or donc, dès qu'Hortense doit fretinfretailler avec celui que tout un chacun tient pour le chef de la truandaille de Fort-de-France, elle vous lâche la bride au cou ce qui te permet de donner carrière à tes fantaisies. Tu éprouves une attirance taraudante pour le Morne Pichevin, où la maréchaussée elle-même a une peur-caca-relle de s'aventurer. Un escalier de quarante-quatre marches y conduit, enserrées dès la cinquième par l'arborescence échevelée de pieds de bambous, de goyaviers et de quénettiers. Les cases sont indiscernables d'en bas, c'est-à-dire du pont Démosthène, début de La Levée, où l'infecte Ravine-Bouillé vient s'échouer dans un remugle de chats crevés, de boîtes de conserves et de vêtements chiquetaillés. Des ploques de caca marron flottent à la surface dans l'attente d'un gros grain de pluie qui les charroiera à la mer. Rien de tout cela ne t'écœure, ni n'a le pouvoir de te dissuader de t'en approcher chaque fois davantage.

Longtemps tu remonteras jusqu'à la Transat où des paquebots blancs semblent s'affaler contre l'épaule même de la ville. A chaque bistrot, tu jetteras un œil furtif, quoique avide, sur les tafiateurs en train de feindre quelque chamaillerie ou les joueurs de dominos fessant avec une force inouïe leur double-six sur les tables de bois. Parfois, une exclamation de surprise te fera décamper :

« *Joy modèl chaben !* » (Quel chabin !)

« Aux marguerites des marins » t'intriguera plus qu'aucun autre bouge. Des orchestres improvisés y jouent de la musique du temps de l'antan, notamment ces valses créoles au tempo si-tellement fragile qu'il en devient tragique, cela en s'aidant d'instruments aujourd'hui désuets. Mandolines, harmonicas, accordéons, sillacs, bouteilles vides que l'on tintinnabule avec une cuillère, te tiennent sous leur emprise alors même que tu abhorres la musique. En cet endroit, les faces pleines de faroucheté des dockers s'ennoblissent de tendresse. Les djobeurs et les videurs de tinettes arborent des airs de philosophes à bretelles. Les massoucrelles, autrement dit les femmes à la cuisse à l'occasion légère, prennent des postures hiératiques, leur verre d'absinthe ou de vermouth à la main.

Bon gré mal gré, tes frayeurs s'apprivoisent. Les mises en garde de ton monde contre les nègres-soubarou du Morne Pichevin finissent par se dissiper d'elles-mêmes et tu empruntes avec hardiesse la première de ces quarante-quatre marches magiques. Tu ignores à cet instant-là qu'il est indispensable de proférer des conjurations en posant le pied sur certaines d'entre elles. Un major, qui descend l'escalier en sautillant de joie, ses doigts comptant un paquet de billets flambant neufs, te dévisage, incrédule. Il a une balafre qui lui décore tout un pan de sa figure. Un rire mauvais découvre ses dents gâtées par la cigarette. Il te hèle :

« *Hé, sa ki rivé'w, chaben, ou garé chimen ?* » (Hé, que t'arrive-t-il, chabin, tu t'es égaré ou quoi ?)

Pris de panique, tu presses le pas, manquant de chavirer à mi-parcours, lorsqu'une apparition te cloue sur place. Tu es pétrifié. Tu es une roche, un poteau fiché raidement en terre, tu as chaud, tu es la proie d'une froidure sans nom. Ta gorge s'assèche, tes oreilles vonvonnent. Tu devines que tes membres sont assaillis par la

tremblade. Tu voudrais cesser d'admirer la créature qui se dresse à la plus haute des marches, la
quarante-quatrième, mais rien ne t'est plus permis. Tu es le jouet de ta vénération. Elle te
sourit, réajustant à la ceinture sa robe de soie
bleue qui lui moule le corps. Un corps d'une
belleté sans égale. De longues jambes, couleur
de miel sombre, surmontées d'une pulpeuse
croupière et de seins si fermes et pointus qu'ils
semblent sur le point de crever le tissu qui les
retient. Et sa chevelure, son ébouriffure
devrais-tu dire, ni crépue ni lisse, à mi-chemin
entre les deux, pareille à celle des câpresses que
l'on voit sur les gravures du siècle passé. Malgré
l'ondée de tristesse qui baigne son regard, chacun de ses pas est l'affirmation d'une majesté
que rien ne peut décontrôler. Arrivée à ta hauteur, elle s'arrête, te caresse la nuque sans rien
dire et continue sa descente, baignée par le
même halo de rêve. Combien de temps es-tu
resté comme cela, statufié au beau mitan de
l'escalier ? Tu ne peux pas le mesurer. Ou plus
exactement, dès La Levée retrouvée, tu devines
que la barre du jour vient de se casser et les
courir-aller-venirs affolés d'Hortense, ta servante, sur La Savane, t'enseignent une plus
grande prudence pour l'avenir.

« Désormais, tu ne quitteras pas mes jupes ! »
hoquette-t-elle, mi-furieuse mi-soulagée.

Djigidji, le djobeur atteint de la maladie de Parkinson, t'apprend quelques jours plus tard que la négresse féerique que tu as rencontrée s'appelle Philomène et qu'elle fait commerce de ses charmes dans les cahutes pouilleuses de la Cour Fruit-à-Pain située à l'en-bas du Morne Pichevin, de l'autre bord de la route des Religieuses.

Philomène ! Philomène ! Philomène !

Tu te répètes ce nom désuet à l'envi, à l'infini. Tu ne vis plus que pour lui, tu n'existes plus que pour la revoir. Ressentir le même foudroyant émotionnement que la première fois. Peut-être entamer un brin de causer avec elle, brocanter quelques propos timides et, qui sait ? nouer un début d'amicalité. Car, à l'âge qui est le tien, tu ignores encore l'existence du mot « amour ». Hortense, parlant de Fils du Diable en Personne, dit « mon ami ». Tes taties emmènent « leurs petits amis » déjeuner chez Manman Jenny. Tu éprouves déjà du chagrin d'amitié (puisque c'est ce mot qu'on te force à adopter à l'école) pour Philomène, lorsque, après avoir monté-descendu à trois reprises différentes les quarante-quatre marches, tu ne vois même pas l'ombrage de son ombre. La Savane t'est devenue odieuse. La démarche rassasiée de ta servante t'exaspère. Fils du Diable en Personne ne te fait plus peur et tu cherches à soutenir le blanc de ses yeux dans les tiens. Tu mets ton masque de mauvais chabin et même la marchande de cornets de pistache de la rue Saint-Louis hésite à te couillonner sur la monnaie.

A huit ans quatre mois et douze jours, tu viens de vivre, sans le savoir, ton premier grand amour...

DJOBEURS,
CRIEURS ET SYRIENS

Au 114 *bis* rue Antoine Siger où ta grand-mère chinoise fiéraude dans sa boutique de demi-gros, il y a tout un entourage d'êtres non pareils au commun des mortels contre lesquels on n'a cesse de te mettre en garde. Les plus curieux d'entre eux, ceux que tu épies de la fenêtre du second étage qui s'ouvre sur le Marché aux légumes, ont pour titre djobeurs. Ils se sont construit d'impressionnantes charrettes à bras, décorées d'images de la Sainte Vierge ou de photos d'actrices italiennes pulpeuses à souhait, découpées dans les journaux d'amour. Munies de sonnettes de bécane ou de klaxons à pompe, que ces bougres-là actionnent bruyamment pour se frayer un passage au mitan des voitures et des déambulateurs, ces charrettes relèvent de l'art pur. Pas une qui soit le portrait de l'autre. Celle de l'illustrissime Pin-pon, qui vantardise tout un lot d'exploits, accomplis soi-disant pendant la dissidence et donc contre ce monsieur

Hitler dont le nom revient dans beaucoup de causements des grandes personnes, possède des roues de camion dont les jantes sont astiquées à la vaseline s'il vous plaît, tandis que celle de Maître Gérald se déplace, squelettique, sur des roues de poussette. D'autres dévalent les rues du centre-ville, qui sur d'authentiques roues de charrette, qui sur des roues de bécane et, ô extraordinaire, une seule-unique-démesurée, sur des roues de tracteur. Son propriétaire l'a peinte en bleu franc, couleur de la défortune et de la déveine, afin de défier le malsort. Nulle image pieuse ni inscription latine n'égayent les bouts de planche méticuleusement arrimés qui en constituent la carcasse. Seule une photo de l'appétissante poitrine de Gina Lollobrigida, recouverte d'un bout de ciré, est punaisée sur son devant. Le conducteur de cet étrange véhicule est un blasphémateur-né. Un grandiseur de paroles dérangeantes devant l'Éternel. Son nom a disparu corps et biens dans ta mémoire, de même que ses traits, mais sa voix perdure, présente en toi, comme lovée quelque part dans les replis de ta chair et, certains jours de brouillardeuse nostalgie, là voilà qui se réveille et tonne dans ta tête.

Son surnom, par contre, t'est bien resté : Djigidji, ce qui, en français, équivaut à peu près à Diable en boîte. En effet, il est perpétuellement agité d'une hilarante frénésie qui le pousse à parcourir la ville, même si sa charrette est aussi vide qu'un coco-flo. Il est le djobeur favori de Manman Jenny. Après avoir, tôt le matin, débarqué les fruits et les légumes de ses marchandes attitrées de la Croix-Mission (négresses campagnardes pleines de vaillantise qui descendent En Ville plusieurs fois par semaine pour obtenir « la récompense de la sueur de leur front et de leurs reins amarrés raides »), il se poste, frénétique comme toujours, à l'entrée de notre boutique, dans l'attente d'un claquement de doigt de ta grand-mère. De ta fenêtre, tu t'amuses à l'agacer :

« Dji ! Dji ! Dji ! Djigidji, tu as des ressorts dans ton ventre ? »

Il s'encolère net, tempête, menace de monter te flanquer une volée, fait opérer à sa charrette des demi-tours nerveux. Toi, tu t'es déjà enfui au galetas, parmi les livres abandonnés par tes tantes au sortir de leur adolescence : ceux de la comtesse de Ségur, *Les Trois Mousquetaires, La Porteuse de pain* et une collection complète de Zola annotée par une main fiévreuse. Tu t'y plonges des heures durant sans trop comprendre le pourquoi de leur comment mais tu lis-tu lis et, lorsque Hortense cogne à l'aide d'un balai à la trappe qui mène au galetas pour t'obliger à descendre manger, tu te gonfles d'une détermination tout à la fois farouche et ridicule :

« Demain si Dieu veut, quand je serai grand, j'écrirai des livres. »

Manman Jenny n'approuve pas du tout ta manie de chiquenauder son djobeur. Elle est trop bien élevée pour te gourmander mais, en guise de punition, t'oblige à accompagner Djigidji au Bord de la Mer, où il a pour mission de s'approvisionner en marchandises dans les magasins de gros des Grands Blancs. Ces jours-là, tu trottines, renfrogné, derrière le djobeur, qui en profite pour en faire son compte de macaqueries afin de t'humilier devant le monde.

Vêtu de hardes qu'il ne doit laver qu'une fois l'an, les pieds repoussants de saleté dans des sandales en plastique sans cesse rafistolées à la ficelle et au fil de fer, notre homme a un sens infaillible de la circulation. Jamais il ne se laisse embouteiller et ce n'est pas lui qu'on aurait vu injurier pendant une demi-heure d'affilée, comme cet imprécautionneux de compère Filo, pris dans la nasse de la rue Victor-Hugo à onze heures du matin. D'abord et pour commencer, il connaît l'état du trafic dans la plupart des rues commerçantes à n'importe quelle heure de la journée. Il sait qu'à huit heures tapantes, le Syrien du « Palais de Baalbek » déballe ses toileries et sa quincaille nouvellement arrivées à même le trottoir de la rue François-Arago et qu'il est vain, aussi vain que l'espoir de floraison

du papayer-mâle, de prétendre faufiler sa charrette de ce côté-là. Il n'ignore pas non plus qu'à
l'angle des rues Garnier-Pagès et République,
au débouché de l'après-midi, un bougre vend à
la criée des machines à coudre Singer dans une
camionnette bâchée. Celle-ci obstrue le passage
tant qu'une âme compatissante n'a pas fait une
promesse d'achat ferme à son propriétaire.

Suivre Djigidji relève de l'exploit olympique,
d'autant qu'il allonge le trajet exprès pour
t'interboliser ou peut-être pour son seul plaisir
de cornaquer sa charrette à bras à grand ballant
sur l'asphalte brûlant. Si tu protestes, il freine
un court instant, ses yeux, ses bras, ses mollets
soubresautant plus que de coutume, et te crie :

« *Lapo'w blan men ou pa an Blan, fouté mwen
lapé ! Ou sé an vyé chaben prèl si ! Ou pa ni lòd pou
ba mwen.* » (T'as la peau blanche mais tu n'es
pas un Blanc, fous-moi la paix ! Tu n'es que de
la mauvaise graine de chabin aux poils suris ! Tu
n'as pas d'ordre à me bailler.)

Le Bord de Mer recèle à foison d'odeurs
profondes et agréables : celle de la morue salée
d'abord, livrée dans de larges caisses en bois
blanc marquées « Saint-Pierre-et-Miquelon » ;
celle de la pomme de terre et des oignons-
France, souvent légèrement pourris, qui
s'entassent dans des sacs grisâtres percés de
trous. Tu ne décesses d'admirer les torses
d'ébène à moitié nus des djobeurs, ruisselant

d'une sueur couleur de nacre, qui s'emploient à rouler sur des planches des barriques de viande salée, lesquelles imprègnent l'atmosphère d'une âcreté très virile. A la porte de chacun des commerces se tient un Grand Blanc qui, en bon maître de céans, active de la voix le travail des nègres, tantôt les réprimandant tantôt les flattant. Parfois, tu les vois glisser de la menue clinquaille dans les poches des shorts-kaki des plus méritants d'entre eux. Tout se passe dans une apparence de jovialité totale.

Les noms pleins de noblesse des Blancs-pays, inscrits sur d'énormes panneaux, t'impressionnent : de Laguarrande de Chervieux, Asselin de Belleville, Dupin de Montaubert. Ils ressemblent peu aux Anges Dépeignés que tu as connus à la campagne. Ils ont l'air de tenir ta grand-mère en bonne estime et s'arrangent pour que Djigidji passe avant les premiers arrivés, malgré les vives hurlées de ses frères djobeurs. En dévirant chez Manman Jenny, pris de remords, il te hisse sur le tas de marchandises et te permet de douciner sa charrette. Il sentencie au moment de te débarquer :

« *Ou chaben, ti bolonm, men sé pa fòt ou !* » (Tu es chabin, mon garçon, mais ce n'est pas de ta faute !)

L'autre variété de l'espèce humaine qui enchante ta prime enfance est celle des crieurs.

212

Ces nègres-là vendent leur cri au plus offrant des commerçants syriens et rivalisent d'envolées lyriques afin d'attirer le chaland. Il faut rappeler que la boutique de Man Jenny se trouve à quelques encâblures de la rue que les Levantins ont fini par s'approprier. Cette race a même acheté des immeubles à la rue Antoine Siger et, au grand dam de ta famille, certains sont devenus des voisins. Se livrant à une concurrence acharnée, ils embauchent toute une nuée de crieurs dont les plus célèbres sont Julien Dorival, dit Lapin Échaudé à cause (mais faut-il se fier ici à Radio-bois-patate ?) qu'une de ses conquêtes lui a voltigé une casserole d'huile chaude à la figure, le décolorant pour la vie, et Siméon Tête-Coton à cause qu'il n'a plus que des petits zéros clairsemés et blancs sur sa tête.

Tu as de la chance que Lapin Échaudé se livre à ses plaidoiries juste en face de la boutique de Manman Jenny puisqu'il officie au profit du Syrien Wadi-Abdallah, seigneur et maître après Allah de « L'Élégance de Paris ».

A ce qu'il paraît, il concubine avec cette ribaude de la Cour Fruit-à-Pain, connue sous la charmante appellation de Carmélise Coucoune-Diable, qui traînaille à travers la ville une tiaulée de marmailles à ses trousses, fière comme une vraie majorine qu'elle s'imagine être. Quoi qu'il en soit, Lapin Échaudé a femme qui lui repasse son linge car les plis de ses pantalons sont toujours escampés à l'équerre et il a femme qui lui cuit ses repas car son estomac n'a pas l'air d'aboyer de malefaim comme ses congénères. Il a d'ailleurs une très haute idée de sa fonction. Il salue bien bas les bourgeois. Il aide les vieilles dames à descendre du trottoir. C'est Wadi-Abdallah qui lui indique le moment propice, en général lorsque le Levantin croit s'apercevoir que les magasins de ses compatriotes se remplissent plus vite que le sien. Il voue une détestation toute particulière à Georges Maalouf, qui est chrétien et en profite pour enguillebauder la clientèle en vendant des statuettes de saints. Pire : « Au bonheur d'Orient », le magasin de Maalouf, s'assure les services du plus éminent rival de Lapin Échaudé, le sieur Siméon Tête-Coton, natal pourtant de la commune du Gros-Morne où, à ce que certifient les Foyalais, les nègres ne brillent pas par leur prestesse d'esprit.

Se décrassant la gorge d'un coup de tafia théâtral, avalé à même la fiole qu'il trimbale dans la poche arrière de son pantalon, Lapin Échaudé s'envole sur les ailes de ses mots fleuris :

« Approchez-approchez, mesdames et messieurs de la compagnie, bonnes gens de Fort-de-France et des alentours ! Approchez de la toile la plus fine, la plus rutilante, la plus soyeuse de "L'Élégance de Paris". Ici, on trouve tout !

Même le grand duc Vladimir de Russie, qui visita ce magasin entre les deux guerres, en repartit bouche bée et les bras chargés de paquets. Deux mètres de popeline pour cinquante francs seulement ! Qui dit mieux ? Le taffetas est à trente francs le mètre, mesdames et messieurs, et quant au kaki, je n'ose pas vous en révéler le prix car vous ne me croiriez pas. Allez, entrez-entrez ! »

Tu demeures stupéfait de la vélocité avec laquelle il déroule ses phrases et, malgré les essais que tu entames devant Hortense, hilare, tu ne peux former une seule phrase sans trébucher au troisième mot.

Les choses deviennent plus intéressantes au moment où la voix de stentor du nègre blanchi de la figure se met à couvrir toutes celles des autres crieurs. Siméon Tête-Coton cesse de s'époumonner et fait les cent pas devant « Au Bonheur d'Orient » en marmonnant des « Hon ! Hon ! » terrifiants. Soudain, il s'accroupit et trace des signes cabalistiques à la craie sur le trottoir, qu'il regarde avec fixité jusqu'à ce qu'une égorgette de voix éteigne dramatiquement la plaidoirie de Lapin Échaudé.

« On aurait dit un disque rayé... hasardes-tu.

— Il lui a accordé la langue avec un quimbois », te souffle ta servante, épouvantée.

La meute d'autos continue à déferler sans que leurs occupants se rendent compte de rien.

L'air est si suffocant que les Syriens délaissent leurs chemises pour des tricots de peau et s'épongent la figure avec de l'eau fraîche à la manière démonstrative qui leur est naturelle.

Lapin Échaudé toupine sur son corps, tel un pantin de carnaval désarticulé par la liesse de la foule. Siméon Tête-Coton, le bougre traître, sort un porte-voix d'un vieux sac qu'il porte en bandoulière et accable le centre-ville de sa propagande vestimentaire. Tu en as le cœur désarroyé car Lapin Échaudé est devenu presque ton ami. Il n'omet jamais de t'acheter des tablettes-coco, des doucelettes, des chadecks glacés ou des filibos, des mains des marchandes de bonbons qui se postent aux abords du Marché aux légumes. C'est Hortense qu'il siffle avec discrétion pour qu'elle vienne te ramener les friandises. Il en profite pour lui effleurer subrepticement le bout des doigts et lui glisse une petite parole sucrée que, de loin, tu ne parviens jamais à déchiffrer.

Mais un événement extraordinaire se produit : une révolte inespérée de l'ensemble des crieurs des rues circumvoisines à l'encontre de cet instrument diabolique brandi par Siméon Tête-Coton. Tu les vois tous le cerner, tous c'est-à-dire Marcellin Gueule-de-raie, Waterloo Gros-Lolo, Bonda Mézanmi, Gaston Tête-Mabolo et d'autres qui exercent trop loin de la boutique de Manman Jenny pour que tu saches leur sobriquet. Tu les vois semailler des coups de poing, des coups de dos du pied, des coups de genou dans la chair de Siméon qui chavire dans le dalot sans un gémissement, la figure soudain cendreuse. Une rigole de sang macule les signes incomprenables qu'il a tracés tout à l'heure sur le trottoir. Tu t'écries :

« Arrêtez ! Il va mourir.

— Tu n'as pas encore huit ans sur ta tête et tu sens quand quelqu'un va mourir », s'esclaffe Waterloo tout en continuant à bourrader Siméon.

Dieu soit loué, une voiture de policiers-petits-bâtons surgit, sirène au vent, et met une terminaison brutale à ce trafalgar. Les crieurs partent à la venvole sans qu'un seul se fasse menotter et, seul Julien Dorival alias Lapin Échaudé, très digne, accepte de faire un rapport à la maréchaussée en des termes tellement maniérés que le brigadier suçote son crayon et tortille son carnet sans pouvoir rien noter :

« Ô très nobles défenseurs de la loi et de l'ordre de notre vaillante patrie, mère des arts et des lettres, j'ai nommé la doulce France ! Ô protecteurs acharnés de la veuve et de l'orphelin ! Voici qu'à l'aurore de cette diaphane matinée d'avril de l'an de grâce 1958, au moment même où le Chevalier sans peur et sans reproche qu'est le général de Gaulle prend enfin les rênes de la République, une bande de malfrats venimeux, animés des plus sombres desseins, a voulu attenter à la bourse et à la vie de ce très honnête citoyen qu'est monsieur Siméon Tête-Coton, résidant au numéro 7 du faubourg La Camille où il assure la subsistance et la sécurité de neuf enfançons et d'une vaillante mère. Ô valeureux remparts de la justice, relevez ce brave homme qui gît dans un cloaque d'ordures et d'eau de cabinet ! »

Écœurés, la queue basse, les policiers-petits-bâtons se retirent sans insister. Siméon a réussi à s'asseoir sur le rebord du trottoir et beugle :

« *Landjèt manman lavi-a pito !* » (Merde à la vie plutôt !)

Les Syriens ne se mêlent pas aux gourmeries de leurs crieurs, blasés qu'ils sont devant la susceptibilité à fleur de peau et surtout la versatilité du tempérament créole. Ils hâblent par rafales dans leur langue gutturale d'un magasin à un autre, par-dessus la tête de leurs clients qui n'en ont cure. Mais, toi, elle te fige de plaisir cette langue et tu te jures de l'apprendre un jour pour comprendre ces mélopées déchirantes qui s'élèvent de leurs gros postes de radio à l'heure de la sieste.

Longtemps la musique levantine a bercé tes rêveries d'enfant et elle est d'ailleurs la seule que tu supportes, la seule qui emporte ton âme au loin, très haut dans ces régions éthérées où l'on cesse d'être enchaîné au médiocre des choses réelles. Son chant ne cessera jamais plus de hanter ta vie ; cette insistance douloureuse, quasi interminable, sur l'ultime syllabe de chaque mot ne cessera de scander les étapes de tes parcours amoureux. Tu apprendras plus tard que cette chanteuse qui t'a ébloui s'appelle Oum Kalsoum.

Les Syriens ont le cœur sur la main. Ils baillent à Hortense des robes qui n'ont pas trouvé acquéreur, ils louent des chambres à des gens en perdition qui n'auront jamais les premiers deux francs-quatre sous pour régler leur loyer. Le seul reproche qu'on puisse leur adresser, c'est qu'on ne voit jamais leurs épouses alors qu'ils taquinent les négresses et leur font parfois des enfants.

Au temps de l'antan, lorsque tu te baignais dans l'ingénuité de tes premiers âges, djobeurs, crieurs et Syriens ne formaient dans ton esprit qu'une seule et même nation de bougres excentriques et charmeurs.

CARNAVAL

Tu appréhendes le déferlement de joie barbare qui se répand tout-partout sur l'En Ville dès que février approche de son terme. Tu en devines l'approche par l'insistante fébrilité de ta servante, Hortense, à s'enfermer dans le cagibi de l'arrière-cour qui lui sert de chambre afin de coudre son déguisement. Tes tantes ne sont pas en reste, elles consultent des patrons que leur couturière leur apporte presque tous les jours et n'arrivent pas à se décider. Dans la rue, les Syriens étalent leur toile la plus voyante : rouge cru du calicot, jaune citron de la flanelle, jaune abricot et vert feuillage de la popeline. Couleurs qu'ordinairement personne n'utiliserait pour se fabriquer des vêtements, hormis bien sûr les Coulis du quartier Au Béraud. Il est vrai que sur leur peau en général plus noire et brillante que celles des nègres, toute cette chatoyance est du plus bel effet.

A la radio, les premières chansons du carnaval se déchaînent déjà, celles classiques et belles, datant du Saint-Pierre d'avant l'éruption, m'enseigne Man Jenny, et les autres, les nouvelles créations, vulgaires à souhait, entachées des rythmes indécents du calypso, musique apportée récemment chez nous par les nègres anglais.

Ta terreur remonte à l'époque où tu vivais avec ton oncle Salvie au Morne Carabin, sur les hauteurs sud du bourg de Grand-Anse du Lorrain. A la campagne, on ne fait pas carnaval. Il s'agit d'une distraction de gens des bourgs ou d'En Ville. Seuls les vagabonds de céans se griment en bêtes immondes et descendent à pied « courir Vaval », comme ils disent.

Un Mardi gras, tu es assis dans le salon à feuilleter un livre d'images. Tu n'as pas encore l'âge de comprendre ce qui est marqué en dessous de chacune d'elles mais, plus tard, on t'apprendra que ce livre a pour titre *Les Contes d'Andersen.* Tu es perdu dans la contemplation des étendues de neige et des traîneaux, lorsque tu sens une présence autour de toi. Tu regardes dans la pièce sans rien déceler et soudain t'apparaît, dans le miroir, la tête rouge d'un diable cornu ornementée d'une pailletée de petits miroirs et de morceaux de glace brisés. La créature se dandine sans mot dire, ses yeux grotesques plantés sur ta petite personne. Tu pousses une hurlée qui fait accourir la concubine de Parrain Salvie. Elle s'empresse de dénicher de la menue monnaie dans le bout de toile en madras qui lui sert d'attache-reins et le Diable, tout heureux, fait des signes de tête en guise de remerciement avant de disparaître. Tu trembloteṣ dans les bras de la femme, tes lèvres se sont asséchées et ton cœur chamade si-tellement fort qu'elle est obligée de te passer une serviette de tafia camphré sur le front afin de te calmer.

En Ville, les êtres les plus insignifiants dans la vie de tous les jours trouvent leurs moments de glorieuseté à la saison des masques. C'est à qui se fabriquera ou se fera fabriquer le plus remarquable, le plus ingénieux ou le plus rutilant. Djigidji, le djobeur atteint de la maladie de la secouade, affectionne les masques malpropres. Il est donc abonné aux pots de chambre d'Aubagne que ta grand-mère fait jeter parce que leur émail s'est trop écaillé. Il hérite aussi des robes usagées d'Hortense, des souliers à talons hauts de tes tantes, du fard et de la poudre de riz de Man Jenny ainsi que de tes cartables. Muni de cet assemblage hétéroclite, il se rend dans sa tanière de Texaco, un endroit dangereux, au bord de mer, où l'on vit parmi les cuves de kérosène, et se fait oublier plusieurs jours durant.

Ta grand-mère est contrainte, pour son approvisionnement, de faire appel à Siméon

Tête-Coton ou à Marcellin Gueule-de-raie. Elle leur déclare :

« Djigidji m'a dit que ce carnaval-là sera son dernier carnaval, mes amis. A vous de me démontrer de quoi vous êtes capable si l'un d'entre vous veut devenir mon attitré. »

Chaque année, Djigidji assure qu'il se défoncera tellement à courir les rues et boira tant et tellement de chopines de rhum que son cœur n'y résistera pas. Il veut mourir dans le mitan d'une grande joie puisque ce foutu couillon de Bondieu ne lui a réservé qu'une existence de marmiteux. Qu'au moins sa mort soit une apothéose, foutre ! Hortense pleure doucement dans ses mains, persuadée que l'heure de son cher et chaste amoureux est arrivée mais, à la fin de la semaine de dévergondation, monsieur est toujours là, frais, dispos et plus agité que jamais. Il couillonne le monde, déclare l'une de tes tantes, pas la peine de s'en faire pour lui. D'ailleurs, au temps de Vaval, tout le monde ne devient-il pas parkinsonien ? N'est-ce pas une gigantesque houle de jambes et de bras qui gigotent sans répit à travers les rues ?

Au début, tu contemples cette agitation du second étage de la maison de Manman Jenny, t'enfuyant dans les chambres dès qu'un défilé de diables rouges passe ou qu'une mascarade d'échassiers-mokozombi cogne l'asphalte avec une jovialité qui te semble terrible. Hortense, à qui on t'a confié, te cherche partout, sous les lits, au galetas, dans la salle d'eau, derrière les caisses de marchandises du dépôt. Elle hurle :

« *Man bizwen fè kannaval mwen, tibolonm ! Si ou lé rété isiya, sa sé zafè'w mé pa vini pléré ba mwen lè Djab-la ké monté dèyè'w.* » (Petit garçon, j'ai besoin de courir mon carnaval ! Si tu veux rester ici, c'est ton affaire mais ne te mets pas à pleurer quand le Diable montera te prendre.)

Tu te laisses endimancher, n'essuyant même pas la poudre rose dont elle te barbouille la figure. Elle se drape dans une extravagante robe sévillane de couleur orange qui la transforme aussitôt en princesse. Son regard n'est pas celui d'une servante, ses gestes ceux d'une négresse rustre. Ce qui fait que, dès la rue, elle contrevient sans crainte aucune à l'ordre formel de ta grand-mère de ne jamais descendre du trottoir.

Hortense t'embarque d'emblée dans un charivari de mariages burlesques qui te permettent d'assister à un accouchement pour la première fois de ta vie. Hommes poilus et barbus grimés en épousées toutes de blanc vêtues qui se trémoussent, se cabrent sur le sol, contenant à grand-peine leur énorme grossesse faite de vieilles hardes et de papiers journaux. Époux aux rondeurs équivoques, à la chevelure fine, arborant d'énormes hauts-de-forme, qui s'attendrissent exagérément devant les spasmes des parturientes. Étonnement et horreur chez toi. Fou rire et haut-le-cœur tout à la fois.

A l'époque n'existe qu'un grand diable de carnaval, c'est le Diable Détho. Il est le seul à porter le masque rouge et cornu dont les centaines de miroirs éclaboussent les rues d'échardes de lumière. Le seul à courir de deux heures de l'après-midi à la fin du jour sans jamais faire de pauser, même pour se rafraîchir la gorge. De la poche arrière de son déguisement, il ôte des fioles de tafia qu'il ingurgite dans de terrifiants glouglous et recrache parfois sur la meute de marmailles qui l'a pris en chasse lorsque celle-ci a l'impudence de s'approcher trop près de lui. Car le Diable Détho s'ouvre les rues à l'aide de claquements de fouet qui font sursauter le monde. Son fouet est aussi une manière de capturer la lumière, de la dompter et, à ces moments-là, on a l'impression que l'univers entier est sous sa coupe. Le plat de la main d'Hortense se fait soudain froid dans le tien. Ses doigts se crispent imperceptiblement sur ta peau et elle cesse de se déhancher et de reprendre les refrains hypnotiques qui jaillissent de milliers de bouches avides de jouir au plus vite de la vie. Détho chante de tous ses poumons :

« *Djab-la ka mandé an timanmay !* » (Le Diable réclame un petit enfant !)

Soudain, il t'aperçoit, toi d'abord puis Hortense, il fonce sur vous, fait mine de t'enlever dans ses bras avant d'allonger une main caressante sous le menton de ta servante qui lâche un cri de chat-pouchine, émue et ravie à la fois.

Dans les rues voisines, des orchestres se déchaînent, entraînant derrière leurs tambours et leurs chachas des corps ruisselant de sueur qui vocalisent des chanters dans lesquels toute pudeur semble avoir été bannie. Le char qui transporte Sa Majesté Vaval est la proie d'une vénération débornée. L'énorme pantin lève un bras paternel sur ses sujets, esquisse un sourire figé qui n'a cesse de t'intriguer. Hortense te fait presser le pas : elle cherche son Djigidji.

Le djobeur, dont on ignore toujours en quoi il va se déguiser, en profite pour jouer des tours pendables à tous ceux qui l'ont humilié, la semaine ou le mois d'avant. Sa vengeance favorite consiste à tremper un court balai en bambou dans un pot de chambre d'Aubagne rempli de caca et de pissat, et à oindre l'objet de son ire de ces saintes et sataniques huiles en hélant :

« *Manjé ! Manjé, non ! Sa bon.* » (Mange ! Allez, mange ! C'est délicieux.)

Si la victime est une mamzelle bourgeoise empanachée dans de rutilants atours, elle s'évanouit sur-le-champ. Si, au contraire, il s'agit d'un gros nègre costaud, le bougre sort sa jambette, les naseaux écumants, et balance la lame en direction du ventre du djobeur afin de le saigner comme un cochon de Noël. Djigidji, naturellement (ou maladivement) doué pour les soubresauts, parvient le plus souvent à fuir son agresseur sans jamais bailler l'impression qu'il le craint, cela même quand la jambette érafle l'une de ses cuisses, rougissant aussitôt son pyjama de masque-malpropre. Les carnavaliers s'esclaffent, entourent le gros nègre de leurs danses, lui lancent des paroles d'apaisement, s'écartent de lui, le temps que, dans la chaleur et la fureur de l'après-midi, il oublie la raison de sa colère.

Cette année-là, Djigidji ne fait pas partie du vidé des masques-malpropres ni de celui des masques-la-mort. Parmi ces derniers, Hortense a longtemps cherché les mimiques de son amoureux, a guetté les sonorités grêles de sa voix. Dix fois, vingt fois, elle t'a dangereusement approché de ces créatures vêtues d'un grand drap blanc, la figure couverte d'une tête de squelette, dont l'unique plaisir est d'attraper les négrillons sans défense pour les emprisonner entre leurs bras. Ils ont accroché des aiguilles au drap qui se fichent dans la peau du malheureux qui en ressort piqué de la tête aux pieds, hagard et donc incapable de hurler. Ô mauvaiseté pure !

« *Vini ! Annou, vini !* » (Viens ! Allons, dépêche-toi !) te presse la jeune femme.

A l'intranquillité de son regard, tu comprends que le présage de la mort de son amant, que sa disparition annoncée par lui-même se révélera peut-être vraie ce coup-ci. Elle enjambe les trottoirs sans se soucier de ne pas bousculer les gens, sourde et muette à leurs imprécations.

Un attroupement bizarre au pied de la statue du comte Beslain d'Esnambuc, qui « découvrit » la Martinique quelques siècles plus tôt, l'attire de manière irrésistible mais la foule est si compacte que nous sommes à maintes reprises repoussés très loin d'elle. Mue par les sentiments passionnés où Djigidji l'a jetée, Hortense parvient à franchir le barrage. Tes pieds te font mal. Tes bras, auxquels elle fait subir de brusques secousses, commencent à se raidir de douleur. Un corps gît au pied de la statue du découvreur. Immobile. Rigide même. A son entour, un groupe de masques pleureurs s'abîme en regrets démonstratifs d'une si poignante vérité que ta servante se laisse empiéger. Elle se jette sur Djigidji en criant :

« *Fôk pa ou té mô ! Man té kontan'w. Sé wou yonn man té kontan.* » (Il ne fallait pas que tu meures. Je t'aimais. Tu es la seule personne que j'aimais.)

Alors le prétendu cadavre se redresse sur un coude, lui enfourne une main velue sous sa jupe sévillane et lui baille un « doigt » entre les cuisses. Waterloo Gros-Lolo, c'est Waterloo Gros-Lolo ! Hortense passe de la détresse à l'enrageaison en un battement de cils. Elle tambourine de ses poings frêles sur la tête du

228

bougre qui n'en a cure et s'étouffe de rire, tout en cherchant à lui passer à nouveau la main au même endroit. Les pleureurs se tortillent de rire tout autant.

Hortense, vaincue, te réembarque dans sa quête effrénée, bientôt déridée par les funambuleries d'un masque-mokozombi. Nous longeons les hautes murailles de pierre du Fort Saint-Louis, au mitan duquel il y a un zoo qu'elle te promet de te faire visiter depuis belle lurette, « si tu cesses de faire ton mauvais chabin », ne manque-t-elle jamais d'ajouter. Un instant, elle envisage d'entrer à la Maison des sports mais se ravise, jugeant, en bonne logique, que Djigidji ne s'acoquinerait pas avec la mulâtraille qui regarde le carnaval depuis les balcons d'un air compassé. Son amoureux n'est ni au Carénage, ni au pont Démosthène, ni aux abords de La Transat, ni nulle part. Aux murmures incompréhensibles qui s'échappent de ses lèvres, tu devines qu'elle en a le cœur désarroyé. Tu éprouves de la peine pour elle. Tu voudrais la sortir de son inconsolation mais le vacarme environnant t'empêche de mettre de l'ordre dans tes pensées. Elle te fait asseoir sur le rebord d'une vaste bâtisse, sur le boulevard de la Levée, devant laquelle deux arbres-du-voyageur étendent leurs éventails somptueux. Tu grignotes sans appétit le cornet de pistaches grillées qu'elle t'a acheté. Les chars défilent-

défilent-défilent — bateaux corsaires, pyramides d'Égypte, toréadors, nègres-gros-sirop, mariannes-peau-de-figue, paysans bretons avec des cornemuses — t'enveloppant de leur jovialité immodérée et tu réalises que, grâce à la quête frénétique d'Hortense, tu as désormais apprivoisé ta peur.

Une folle envie de te joindre aux masques-malpropres s'empare de toi et, sans que tu t'en rendes compte, tes pieds battent la mesure. Hortense qui, elle, a compris, t'embrasse dans le cou et se déride un bref instant.

A quelques jambes devant toi (le monde étant devenu une forêt de jambes), tu distingues un tremblé qui n'est pas celui d'un bougre habité par la danse : un tremblé plus saccadé, bien que la personne fasse des efforts pour le contrôler. Pas de doute : Djigidji est non loin de vous. Tu le désignes à ta servante dont la figure change de couleur. Elle écarte d'un coup d'épaule ceux qui vous séparent de lui et freine subitement juste derrière Djigidji quand elle s'aperçoit que monsieur est « femmeté », accompagné d'une femme, messieurs et dames de la compagnie !

« *I fanmté, atjèman, wi !* » (Il est « femmeté » à présent, oui !) marmonne-t-elle, incrédule.

Mieux, si l'on peut dire, monsieur n'est point déguisé. Il porte une chemise-veste marron, repassée avec soin, sur un pantalon en tergal visiblement neuf. Ses joues ont été rasées de

230

près. Quant à ses pieds, incroyable mais vrai, ils s'ornent de deux gros souliers noirs, de qualité « box-calf », qu'on voit, à l'accoutumée, aux contremaîtres et aux nègres de bien. Encore mieux, ouille, foutre ! monsieur s'adresse en français à sa compagne. En français, messieurs-dames !!!

La bouche d'Hortense dessine un Ô, les moustaches qu'elle s'est dessinées avec un crayon noir le couvrant d'un accent circonflexe du plus bel effet. C'est que Djigidji n'utilise pas un français-banane mais un vrai français, un français-France, plein de broderies et de dia-prures qui charme la chabine aux yeux bleus qui se tient à ses côtés.

« Je suis étonné par la dévoyure du monde, lui susurre-t-il. Regarde-moi cette jeunesse là-bas. Qui ne voit qu'elle est accoutumée à jouer de la croupière à tout venant, hein ?

— Carnaval n'a pas de morale... plaide la chabine.

— La morale ne souffre d'aucune paren-thèse, chère amie. AUCUNE ! »

Abasourdie, Hortense fait le tour du couple, les yeux rivés sur Djigidji qui ne la voit pas. Elle est devenue invisible ou si-tellement insigni-fiante qu'elle ne mérite pas une miette d'atten-tion. Le djobeur ne me reconnaît pas non plus. Il ne tressaute pas quand tu lui lances :

« Dji ! Dji ! Dji ! Djigidji ! »

Comme si l'insulte ne s'adressait pas à sa personne.

Un instant, tu crois avoir affaire à son frère jumeau, un frère qu'il a toujours tenu secret, n'aurait été la balafre en zigzag, inimitable, qui court sur son avant-bras gauche. Il s'agit bien du djobeur favori de ta grand-mère chinoise mais monsieur s'est métamorphosé en gentilhomme, en chevalier servant d'une femme aux yeux bleus en plus. Hortense, se ressaisissant, t'empoigne l'épaule et déclare :

« Le carnaval est fini. On rentre. »

Bien entendu, au lendemain du mercredi des Cendres où l'on brûla vif Sa Majesté Vaval dans la baie de Fort-de-France, Djigidji redevient le djobeur fidèle, voire servile qu'il a affecté de ne point être le Mardi gras. Il se remet à œillader Hortense avec un surplus de tendresse dans la posture mais, cette fois, c'est lui qui devient invisible. Ta servante balaie, nettoie les persiennes avec un torchon mouillé, va faire des commissions au Marché aux légumes, plaisante avec les voisins ou les badauds sans paraître remarquer que Djigidji s'agenouille sur son passage, les mains jointes.

Un jour, lassée de son manège, elle s'écrie :

« Carnaval est mort. L'amour est fini ? Hon ! »

De ce jour, Djigidji a disparu de la rue Antoine Siger. D'aucuns assurent qu'il s'est retiré dans sa tanière du quartier Texaco pour élever des coqs de combat ou s'établir quimboi-seur.

Longtemps après, tu te surprends, certains jours d'ennui, à voir refleurir sans raison sur tes lèvres le « Dji ! Dji ! Dji ! Djigidji ! » qui le faisait trépigner.

DÉCEMBRE 59

Tu ne comprends pas pourquoi l'En Ville s'embrase tout soudain.

Il n'y a plus école alors qu'on est assez loin des vacances et, dès six heures du soir, ton père et ta mère vous calfeutrent dans la jolie maison coloniale qu'ils louent à la route de la Folie, non loin de la maternité de Redoute. Ton père a l'oreille collée au poste de radio dans lequel se succèdent sans discontinuer des voix graves ou martiales, qui baillent ce que tu ressens comme des ordres définitifs. Des voix qui ont tantôt l'accent brodé d'En France tantôt l'accent plat de chez nous. Impossible de dénouer le sens de ces plaidoiries frénétiques d'autant que tes parents se refusent tout net à t'en entretenir. Ils sont si inquiets qu'ils ne conversent même plus à table ou alors à voix très basse, comme si quelque ennemi pouvait les entendre et les dénoncer à tu ne sais quelle autorité.

Des bribes de mots te parviennent au mitan de la nuit, à travers la cloison de leur chambre : « couvre-feu », « général de Gaulle », « autonomie », « communistes », « Cuba ». Dehors, tu entends des cris de guerre, des hurlements de Peaux-Rouges et parfois, dans le lointain, le staccato d'un fusil-mitrailleur. Tu es un expert en armes depuis que tu as vu quatre fois *Le Pont de la rivière Kwaï* et *Les Canons de Navarone* au cinéma Bataclan des Terres-Sainvilles. Tu trépignes à l'idée de quelque débarquement allemand puisque ta mère, surtout, n'a cesse d'évoquer « le Temps de l'amiral Robert » où le nègre vécut dans la crainte d'une telle occupation et faillit manger son prochain, tellement la misère lui tordait les boyaux.

Pourtant les Avents ont apporté leurs traditionnels effluves de fraîcheur dès le début de décembre. Le ciel s'est désennuagé jusqu'à prendre une teinte gris-bleu au petit matin et la moindre ruelle bruit de chants de Noël dont le leitmotiv te semble être :

« Michaud veillait ! Michaud veillait !
Michaud veillait la nuit dans sa chaumière ! »

Dans les arrière-cours des quartiers plébéiens, on s'apprête à sacrifier le cochon-planche que l'on a élevé tout exprès depuis le premier janvier. Notre propriétaire, Man Renée, n'est pas en reste de préparatifs. Elle exaspère tes parents à force de leur offrir à tout propos, qui des pâtés chauds, qui de la liqueur de schrubb, qui du sirop de groseille pour sucrer le punch. Sans doute tente-t-elle de se faire pardonner la cherté de votre loyer. Elle a deux nièces ravissantes, deux petites mulâtresses de ton âge, Nanette et Quiquinotte, qui te permettent de les caresser sous leurs jupettes dans de vastes éclats de rire en passe de n'être plus si innocents que cela.

Votre insouciance se heurte à la fébrilité de vos parents si bien qu'un désarroi insidieux s'instaure parmi vous. Vous répétez les mots compliqués qui agitent leurs causers, d'abord par jeu, puis en vous pénétrant de leur importance, même si vous vous trompez souvent sur leur sens réel.

Il y a des morts. Des lycéens. Ils ont défilé à travers la ville et ont lancé des engins incendiaires sur les gendarmes blancs qui ont riposté. Que veulent-ils ? Ta mère dit l'ignorer. Ton père se mure dans un silence réprobateur sans que tu décèles s'il condamne les manifestants ou ceux qui les ont réprimés, ou alors les deux à la fois. Sa guitare espagnole lui est un havre de paix.

Certains jours, la tempête semble se calmer et, un vendredi matin, ta mère t'envoie poster une lettre au centre-ville. Le désert du boulevard de la Levée t'impressionne. Tu découvres des cadavres de voitures calcinées qui gisent sur le flanc, à même les trottoirs. Les magasins ont des vitres brisées et leurs vitrines ont dû avoir été pillées. Tu avances, tout en prudence, jusqu'à la rue Schœlcher, lorsque, à un croisement, deux énormes chiens te clouent sur place. Ils sont conduits par une grappe de C.R.S. rouges de sueur qui trottinent, fusil prêt à tirer au jugé. Affolé, tu bats en retraite et te réfugies dans l'unique magasin ouvert. On y vend des robes de dame à la dernière mode de Paris. Les vendeuses te serrent entre leurs jupes en pouffant de rire. Sont-elles inconscientes ou méprisent-elles à ce point la mort ? Tu refuses de sortir après que les bruits de bottes et les halètements de chiens se sont estompés. L'une d'elles se résout alors à téléphoner à ton père, qui s'empresse de venir te chercher en voiture. Il est midi et les rues sont encore plus fantomatiques que le matin. Un grand nègre dépenaillé hurle en créole :

« Nègres de la Martinique, debout ! L'esclavage a été soi-disant aboli en 1848 mais ce sont toujours les Blancs qui nous gouvernent. Les Blancs possèdent tout, ils ont les plus belles maisons, les plus belles voitures, les plus riches commerces. Ils considèrent le nègre comme du caca de chien, comme un zéro devant un chiffre. Ça ne peut plus continuer, foutre ! »

Le grand nègre est solitaire et dérisoire dans

sa gesticulation que nul public ne peut observer. Il redouble de hargne lorsqu'il aperçoit mon père :

« Debout ! Debout, les nègres ! Notre race a trop vécu dans l'indignité jusqu'à présent. Il est temps pour nous autres de chavirer ce monde bâti sur l'injustice. »

Tu ris et ton père te réprimande vertement en appuyant sur l'accélérateur. Il part dans une tirade grandiloquente qui lui est tout à fait incoutumière et tu vois, dans le rétroviseur, une légère humectation aux coins de sa bouche.

Un barrage de roches, de fûts d'huile renversés, de vieux pneus et de planches, obstrue l'entrée de la route de la Folie. Impossible d'aller plus avant. Il n'était pas là tout à l'heure et ceux qui l'ont érigé se sont évanouis dans les ruelles avoisinantes. Ton père gare sa voiture sans tergiverser et t'entraîne par la main en quatrième vitesse dans le raidillon qui mène à votre maison. Il passe une chasse à ta mère pour avoir eu l'inconscience de t'envoyer au beau mitan de la ville.

Tu crois comprendre que tout ce trafalgar qui embrase l'En Ville est peut-être tout simplement ce que les grands appellent d'une manière embarrassée « La Guerre d'Algérie ». Peut-être qu'« Algérie » est le nom d'un quartier comme Terres-Sainvilles ou Trénelle, ou bien encore celui d'un nègre rebelle qui défie le monde à la tête d'une horde de bougres révoltés. Chaque fois que tu demandes à ton père de t'expliquer l'expression, il te rabroue en te disant que tu es encore trop petit pour comprendre. Ta mère te souffle :

« La Guerre d'Algérie ? Une chose pleine d'affreusetés, oui ! »

Pour de bon, notre propriétaire, Man Renée est tombée évanouie le jour où elle a reçu un télégramme lui annonçant que le corps de son fils aîné serait bientôt rapatrié en Martinique. Un gradé blanc est venu du Fort Gerbault, tout proche, pour la réconforter et la vieille dame a tout de suite repris son équanimité. Elle a enterré son chagrin sous un amoncellement de mots, dont les plus fréquents ont été :

« Il est mort dans l'honneur, les armes à la main et au service de notre mère la France, s'il vous plaît. »

Tout le monde autour de toi maudit les « fellaghas », injure par laquelle ils désignent ceux qui dressent des barrages sur le boulevard de la Levée ou incendient des bâtiments publics à l'aide de bouteilles de pétrole enflammées. Or, la radio dit aussi les « fellaghas » pour les révoltés d'Algérie, donc tu en déduis que la guerre d'Algérie se déroule bien à deux pas de ta maison et que tu en as eu un bref aperçu le jour où ta mère a eu l'imprudence de t'envoyer lui poster du courrier. Dans les jeux d'enfants, « nègre-marron » a cédé la place à « fellagha » pour désigner celui qui tient le rôle de traître, de bourreau ou de scélérat.

Pour punir les fellaghas, les adultes ont inventé le « couvre-feu » : dès cinq heures trente du soir, ta mère ferme toutes les lumières, hormis une bougie qui diffuse une clairté pâlichonne dans un coin de sa chambre. Elle vous oblige à aller au lit après une toilette de chat en vous recommandant le silence le plus absolu. Ce couvre-feu ronge ton père. Il a perdu l'appétit et ne parvient plus à résoudre ses mots croisés, dont il ne fait d'ordinaire qu'une bouchée. Il reste assis, tout seul, dans le noir, près de la table de la salle à manger et réfléchit à des choses dont il ne veut pas faire part à ta mère malgré ses sollicitations à voix étouffée. Parfois, il allume très bas la radio et écoute des merengués sur un poste de langue espagnole.

Dans la journée, le jardin créole de Man Renée devient le terrain de guerre de la marmaille du voisinage. Un jardin démesuré pour l'En Ville, planté en bananiers, avocatiers, cerisiers, avec, entre les arbres, des allées de salades, de carottes ou de tomates. Un véritable Éden insoupçonnable du côté de la route de la Folie !

« Avec ça, on peut tenir un siège pendant des mois », murmure-t-elle à tes parents auxquels elle baille le droit d'en partager les fruits, sans doute là encore pour qu'ils oublient qu'elle a doublé le montant du loyer parce qu'à ses yeux ils sont de richissimes fonctionnaires. Quand elle a un peu abusé de rhum, nous l'entendons marmonner au rez-de-chaussée :

« Fonksyonnè ni lahan, fout ! » (Les fonctionnaires ont de l'argent, foutre !)

Nanette t'apprend que le chef des fellaghas se nomme Fidel Castro. Elle l'a entendu de la bouche de monsieur Renaud, l'homme cravaté-laineté qui fréquente sa tante une fois par semaine. C'est un homme respectable, marié et membre du Cercle martiniquais. Il lit beaucoup les journaux en fumant avec nervosité des paquets entiers de cigarettes mentholées qui empestent l'air du rez-de-chaussée. Fidel Castro est un « communisse » qui projette d'envahir la Martinique avec l'appui de tout ce que le pays compte de fripouilles, de coquecidrouilles, de foutiniers, d'assassineurs, de libertins, de borde-liers, de disputards, d'esbroufeurs, de partageux et de vastibousiers. Bref, tous ceux que monsieur Renaud rassemble sous un seul et même vocable infamant : la chiennaille ! En dépit du couvre-feu, il ne déroge pas à sa visite heb-domadaire et profite même des circonstances exceptionnelles pour se lier d'amicalité avec ton père, avec lequel il se découvre d'intéressantes affinités. Il ponctue chacune de ses longues tirades d'une antienne que nous, la marmaille, finissons par connaître par cœur :

« La Martinique est française depuis l'an de grâce 1635, c'est-à-dire bien avant Nice, la Savoie et bien entendu la Corse. Un ramassis de communistes assoiffés de sang ne pourra jamais rien y faire. Je trouve que le gouvernement est trop mou avec les émeutiers, tonnerre de Brest !

— De Gaulle sait ce qu'il doit faire, répond ton père. Il leur donne du fil pour l'instant mais, le moment venu, il saura les réembobiner dans un battement d'yeux. Je n'ai aucune crainte à ce sujet. »

Et puis la guerre d'Algérie, c'est-à-dire la révolte d'En Ville, s'éteint d'elle-même. Tu entends à nouveau à la radio les voix blanches et les voix noires qui reprennent leurs mêmes discours énigmatiques. Dans la rue, des gens passent en chantonnant des airs de Noël. Ta mère abîme son fer à repasser sur un jambon américain sans pour autant perdre le sourire. (A l'époque, on l'enduisait de sucre que l'on faisait pénétrer dans la chair au fer chaud.) Ton père solutionne ses mots croisés en six-quatre-deux. Man Renée fiéraude à la devanture de sa maison pour bien montrer aux voisins, qui habitent de l'autre côté de la rue et qui sont réputés « communisses », qu'elle les a vaincus. Battus à plate couture.

Nanette possède déjà une foufoune bien dodue sous sa culotte rose qu'elle parfume à l'eau de Cologne...

SINON L'ENFANCE...

L'enfance, pour toi, s'est achevée au bout de tes neuf ans.

Finie la douce errance créole entre les grand-mères, la marraine, les tantes et leurs amis, toutes personnes de grand maintien et d'ardente amour. Fini le fol enliannement dans la parlure des nègres qui, par bonheur, ne s'écrit point et dont on n'a donc point à s'échiner pour respecter un quelconque Ordre Orthographique.

Finie la diaphanéité de la ravine. Ô Ravine, ô émerveillable d'entre tous les lieux — mornes bossus coiffés de champs de canne à sucre, savanes d'herbe-de-Guinée où tu jouais à poursuivre tes cousins dans une zouelle étourdissante, chemins de pierre où les mulets bâtés ahannent leur peine séculaire —, ô source de lumière diffuse vert bleuté !

Jamais elle ne s'effacera en toi mais se démultipliera au contraire. Simplement ces ravines se

feront petites, toutes petites, si petites que parfois tu as pu les croire éteintes, et voilà qu'arrivé
à l'âge ingrat, et puis à l'âge d'homme, elles
n'ont cesse de jaillir au-devant de ta conscience,
dans les pires coups de chien de l'existence,
pour t'insuffler une force si inébranlable que
d'aucuns ont fini par maugréer :

« Tout de même, ce chabin-là, bien qu'il soit
un brise-fer, il semble connaître la sérénité,
oui. »

Désormais, tu habites avec ton père et ta
mère. Tu t'étonnes que tes frères et sœurs soient
là. D'ailleurs, ils te craignent et t'obéissent au
doigt et à l'œil ou bien se réfugient dans des
bouderies que tu devines passagères. Ta sœur,
Chantou, est noire avec de longs cheveux
d'huile hérités de la grand-mère chinoise. Elle
est fort belle et tu ne le sais pas encore. Chaque
fois qu'une dispute pète entre vous, tu l'injuries :

« Espèce d'Égyptienne ! »

Et elle de pleurer comme si on avait cassé le
bras à la Sainte Vierge, selon l'expression drola-
tique de ta mère. De se réfugier dans un coin de
sa chambre, amoureuse de ses livres dont tu te
méfies encore.

Le soir, lorsque ton père écoute à la radio,
très pénétré, des émissions de jazz de la Nou-
velle-Orléans, ta mère t'ouvre de grands livres et
te lit des histoires de Grecs, de Romains et

d'Égyptiens. Sur les images, les Égyptiens sont des êtres d'une noirceur infinie et, dans ta tête, il n'y a pas plus noir au monde qu'eux. Tu supposes que l'Égypte est le surnom de l'Afrique. Mais certains matins, devant la glace, tu t'observes :

« Pourquoi je suis un nègre et, pourtant, je ne suis pas noir. »

Cette question te démange l'esprit. Tu ne comprends pas qu'elle ne pose apparemment aucun problème ni à ta mère ni aux autres chabins de ta parentèle ou d'ailleurs. Tu brûles de lui poser la question mais les mots culbutent sur la pointe de ta langue et viennent mourir sur tes lèvres soudain humides de sueur. Un jour, tu découvres un biais :

« Manman, pourquoi dans tes livres, les gens d'un même pays ont tous la même couleur ?

— - - - - - -

— Les Romains sont tous roses tandis que chez nous chacun a sa couleur à lui... Ni Chantou, ni Miguel, ni Monique nous n'avons la même peau, hein ? »

Sa réaction te surprend encore plus : elle éclate de rire et ne t'explique rien. Elle parle très vite d'autre chose sans te laisser une miette de temps pour reprendre le fil de ton idée. Si bien que tu finis par oublier tout cela jusqu'au moment où, chose inévitable, un camarade d'école ou un passant te lance à la figure :

245

« Sacré chabin, foutre ! »

Elle est contrainte de céder. Elle cherche ses mots, elle si volubile et si charmeuse dans la langue des Blancs. Elle est gênée d'en parler, si-tellement gênée qu'elle se perd dans des vocables savants et des phrases alambiquées que tu as peine à saisir :

« Tu veux savoir trop de choses qui ne te regardent pas à ton âge. Tu ferais mieux d'apprendre à lire silencieusement, comme Chantou... Pourquoi on a des couleurs différentes ?... Eh ben, au commencement de ce pays, nos... nos ancêtres avaient une seule et même couleur. Ils étaient noirs et... enfin, c'étaient des esclaves... on les obligeait à travailler la terre... on les maltraitait... leurs femmes faisaient des enfants avec les maîtres blancs pour éclaircir la race... pour sauver la peau, tu vois. Cela a donné naissance aux mulâtres, aux chabins et aux câpres. »

Elle m'explique que les maîtres blancs avaient choisi de tels noms dans le but d'animaliser les rejetons qu'ils procréaient, afin que ces derniers n'aient pas l'audace de réclamer des droits sur les richesses de leurs géniteurs. Ainsi mulâtre vient de mulet, chabin est le nom d'une variété de moutons au poil roux de Normandie et câpre ou câpresse dérive bien sûr de chèvre. Man Yise t'avait baillé une explication semblable il y avait etcétéra de temps de cela et ta frêle mémoire

246

d'enfant l'avait oublié. Aujourd'hui, tout cela est plus clair, plus net. La première idée qui te vient c'est que nous sommes tous des bâtards et pas seulement Edmond, cet élève de Texaco, que toute ta classe dérisionne parce qu'il est incapable de dire qui est son géniteur.

C'est ton père qui, sortant tout à coup de ses exercices de mathématiques, conclut pour elle :

« De toute façon, dès qu'on a une seule goutte de sang noir, on est un nègre, mon fils. Prends garde de ne jamais l'oublier ! »

Il affectionne la musique et joue à merveille de la guitare espagnole. Pour toi, mathématiques et musique sont, bien entendu, tes deux ennemies et tu ne sais comment les combattre, elles qui semblent, chacune dans leur sphère, si puissantes, si invincibles. La seule vue d'une table de multiplication ou d'une équerre te rend aigri pour toute la sainte journée. Le seul son d'un piano ou d'un tambour-bel-air te hérisse le poil. Tu décides de bannir de toute ta vie à venir ces deux violons d'Ingres paternels. Tu t'appliques à les détester et cherches les raisons les plus invraisemblables pour justifier ton attitude aux yeux d'autrui. Un nègre qui n'aime pas la géométrie, passe encore ! mais un nègre que la musique agace, ouille foutre, quelle misère, messieurs-dames de la compagnie ! Quelle incongruité !

Par bonheur, le goût des livres s'incruste peu

à peu en toi, tu ne te rends même pas compte à quel moment. Lorsque tante Emérante descend En Ville pour s'approvisionner auprès des grossistes du Bord de Mer, elle t'emmène dans son périple, te fait l'accompagner au « Printemps » pour s'acheter de la poudre et des vaporisateurs, te fait manger des sorbets chez Montier et du gâteau-coco à la pâtisserie Suréna avant de te libérer, avec vingt francs en poche, au moment d'établir sa liste de marchandises. Tu cours à la librairie Léonidas ou Clarac, où tu fais ton plein de livres de poche : Mauriac est, à cet âge-là, ton auteur favori. Puis, peu de temps après, Alberto Moravia et Henri Troyat. Les libraires écarquillent les yeux, se demandant sans doute ce qu'un garnement tel que toi peut bien comprendre à ces romans compliqués, mais tu n'en as cure. Tu dévores les livres à pleines dents et, en classe, on commence à dire, au grand plaisir de ta mère, que tu deviens un champion en français. Les maîtres n'ont pas assez de louanges sur ton imagination. Ton père se tient le bec cloué : il aurait préféré que tu t'épanouisses plutôt dans les sinus et cosinus.

Longtemps, tu as eu peur de t'approcher de l'imposante bibliothèque Schœlcher où pénètrent des grappes de lycéens d'un pas presque religieux. Eux qui l'instant d'avant, sur La Savane, chamaillaient les filles ou échangeaient des gros mots, courbent tout soudain l'écale au moment d'en franchir le portail. L'allure chinoise du bâtiment (surtout son toit conique) te donne à penser qu'y règne un ordre de mandarins occupés à déchiffrer de sibyllins manuscrits. Ces êtres-là ne doivent jamais voir le soleil. Ils n'en ont nul besoin, t'imagines-tu, car la Connaissance — ou plutôt l'Instruction, comme disent tes parents sur un ton de révérence extrême — y brille de mille feux. Longtemps, tu les as enviés, guettant en vain leur possible sortie à l'heure de la fermeture. A l'intérieur de la bibliothèque Schœlcher, personne ne pourra te détromper, il doit régner une fraîcheur de ravine avec sa douce pénombre propice à la rêverie.

Le dimanche après-midi, tu n'as pas perdu l'habitude de sarabander au Morne Pichevin et dans tous les lieux déshonnêtes de Fort-de-France. Mais l'innocence des premiers jours s'est évanouie. Tu avances, l'esprit embrouillardé par les personnages de tes auteurs favoris, et le monde, autour de toi, se façonne à leur image. La péripatéticienne féerique qui t'a un jour fait la révélation de ce qu'est La Femme devient une héroïne italienne et, n'aurait été ta timidité, tu aurais cherché à la galantiser avec des mots semblables à ceux des bellâtres amoureux de Moravia. Philomène ! Un jour, elle deviendra un personnage de l'un de tes livres à toi, tu en as la certitude. Tu n'auras pas goûté pour de vrai à sa chair somptueuse mais l'écriture comblera cette inconsolation. Elle sera le jouet de tes mots. Chacune de tes phrases lui clamera :

« Il y a belle heure que je t'attends. »

Sa robe fourreau en soie bleue qui s'échancre jusqu'à la naissance de sa croupe te sera un étendard, celui de la sensualité absolue. Son rire, terni par l'abus du tafia, l'incarnation même de la détresse. Tu l'observes qui ribaude sans discontinuer dans les cahutes en tôle rouillée de la Cour Fruit-à-Pain et, chaque fois qu'elle ressort de son affaire, elle semble intouchée. Aussi pure que la première fois où ton regard a croisé le sien, tout en haut des quarante-quatre marches. Et c'est elle, Philomène, parée d'aura livresque, que tu rechercheras désormais en toute femme. Tumultueusement. Désespérément.

Ton père se gausse de tes rêveries. Il t'aurait voulu plus engageant, plus proche de lui. Il aurait aimé t'apprendre le solfège. Mais tu te dérobes, tu multiplies les échappatoires et, de maussaderie en maussaderie, tu t'éloignes à jamais de lui. Tu te réfugies déjà dans la ravine du devant-jour, insensible à ses appels. Tu ne veux plus qu'il t'embrasse à ton éveil. Tu inventes un code (hochement de tête et demi-sourire) qui le désarme et sans doute le désole. D'être si malcommode importune aussi ton frère et tes sœurs qui s'écartent de toi et évitent de t'adresser la parole.

Grand-Anse n'existe plus que pour les trois mois de grandes vacances et tu dois admettre qu'En Ville est ton unique destin, en tout cas la seule voie qui te permettra d'accéder au Savoir dont tout le monde, à commencer par « la couleur », semble faire si grand cas autour de toi. Le créole, qu'ils nomment avec condescendance « patois », va s'enfouir au plus secret de toi, jusqu'à en paraître effacé à jamais, te causant, sans que tu en aies claire conscience, mille et une meurtrissures d'âme.

L'enfance a pris fin donc quand tu as su quel jour de la semaine on est. Avant, lundi, jeudi, dimanche, tout cela n'était que de très vagues repères, signalés l'un par la reprise de l'école, l'autre par le « catéchisse » et le dernier par la messe. Comment l'exactitude des jours t'est-elle venue ? Tu n'en sais rien. Simplement, à l'aube de tes neuf ans, tu as commencé à te dire : « C'est lundi, j'aurai un devoir d'arithmétique » ou « Faites que vendredi soit là pour que man-man ne me fasse pas réciter mes leçons ! ». Ton enfance s'est achevée avec la conscience du Temps (et de sa fuite de fol coursier).

Dit le Poète : sinon l'enfance, qu'y a-t-il qu'il n'y a plus ?...

La Carrière (Vauclin)
Juin 1990 - juillet 1992.

Accoreur : Dans ce pays où s'enchaînent escarpements abrupts et virages casse-cou, les voitures du temps de l'antan avaient coutume de s'essouffler et surtout de reculer au cas où leur conducteur devait débarquer ou embarquer quelque passager. Dans les « taxi-pays », un homme, assis à l'arrière, était spécialement chargé de mettre une cale, d'« accorer » la roue droite du véhicule pour prévenir semblable situation.

Alamanda : Fleur qui dresse un piédestal à la couleur jaune.

Béké : Le bleu de ses yeux brûlait le regard du nègre au temps-l'esclavage. Débarqué de Normandie, Vendée, Poitou ou Bretagne, il extermina par le fer et le feu les indigènes caraïbes. Cadet de famille sans héritage ou marloupin expulsé aux colonies, il affubla son nom d'un « de » à la noblesse plus souvent que rarement douteuse. Celui qui, faillite ou déveine, a chuté dans la défortune, se serre derrière les buissons de goyaviers : c'est le béké-goyave.

Cabri-des-bois : Ils imitent le caquètement des cabris à quatre pattes pour tympaniser la nuit antillaise en frottant leurs ailes l'une contre l'autre. Couleur de bois, ces grillons sont le plus souvent invisibles ou en tout cas difficilement détectables.

Cabrouettier : Métier d'un cran plus élevé que celui de coupeur de canne consistant à convoyer la canne en tombereau (« cabrouet ») du champ où elle vient d'être coupée jusqu'à la distillerie ou la sucrerie.

Caïmite : L'envers de la feuille de ce fruit violacé est remède contre la colle que sa pulpe répand sur les lèvres. Il suffit de la frotter-frotter-frotter pour qu'elle s'en aille. Saveur délicieuse, curieusement proche de celle du chewing-gum.

Capistrelle : Mamzelle fine et légère comme une libellule qui fait de l'insouciance sa règle de vie.

Câpresse : Douceur de négresse mâtinée de blanc aux cheveux longs et ondulés, à la peau satinée couleur de cannelle mais si rare qu'on la recherche comme qui dirait la huitième merveille du monde.

Carême : Saison au cours de laquelle il est vain d'espérer la moindre fifine de pluie et où le sud du pays crie de rousscur et de soif.

Chabin : Qualité de nègre ayant l'inouïe faculté (dont il abuse) de rougir de colère ou de honte, cela à cause d'une charge de sang blanc datant du temps-l'esclavage. Ses yeux, souvent bleus ou verts, brillent de colère retenue et la chabine, ô femme dorée, te mordille les oreilles jusqu'au sang au zénith du coquer. Souvent roux de poils et de cheveux (et donc méchant !).

Coco-flo : Les noix de coco connaissent les dérives secrètes des courants, leurs lois et leurs fantaisies. Au fil de l'eau, exposées au martèlement du soleil, elles se vident du dedans, deviennent creuses et légères et ainsi scellent de secrètes épousailles avec les « flots ».

Commandeur d'habitation : Sans son œil veillatif et sa parole raide, les coupeurs de canne et les attacheuses de bottes de canne fainéantiseraient pendant la récolte. Il avance vêtu de kaki propre sur un mulet, sa poche arrière gonflée par un revolver, une toise pour mesurer les piles de canne et un cahier sous le bras pour noter l'avancement du travail. Mulâtre ou nègre, le commandeur est le chef dans le mitan des champs mais, en dehors d'eux, il a sur sa tête l'économe, le géreur et bien sûr le béké-planteur.

Coqueur : Celui qui grimpe, comme un coq, sur le dos des femmes et, en deux-trois petits coups bien sentis, leur baille ce qu'il croit être satisfaction des sens.

Couli : Mange du chien, sent le pissat, balaie les caniveaux, mendianne dans la rue, critiquait le nègre. Mais le couli, venu de l'Inde, après l'abolition du temps-l'esclavage, a surmonté le crachat grâce à la force de ses dieux à cheval et surtout à la belleté de ses femmes. Aujourd'hui, il a reconquis le titre d'Indien.

Crabe c'est-ma-faute : Quelle faute a-t-il commise pour se battre sans arrêt la coulpe de sa grosse pince démesurée, presque aussi grosse que son corps ? Seul le diable des mangroves le sait.

Crabe-zagaya : Vit au plus près de la lame, surtout sur les plages de sable noir du nord de la Martinique. Sa carapace jaune clair en fait le plus chabin des crabes.

Djobeur : Nègre qui pousse une brouette chargée de fruits et légumes toute la sainte journée entre la gare d'autobus de la Croix-Mission et le marché au légumes de Fort-de-France avec un ballant et une dextérité inouïs.

Dodine : On s'y balançait sur les vérandas, à la brune du soir, au temps où le sucre était roi. Souvent seul signe extérieur de richesse du nègre.

Échappée-coulie : Dans les temps anciens, il convenait de s'échapper des races dites « inférieures », la nègre et l'indienne-coulie. Comment ? En s'alliant, en se mélangeant, à une race dite « supérieure » à la sienne. Le fruit de cette union est un « échappé » de la malédiction.

Fruit-à-pain : Boulangerie aux mille branches lourdes de gros fruits ronds qui nourrissent la fainéantise du nègre sans discontinuer, du jour de l'An à la Noël. Ne peut se manger sans une aile de morue et une graine d'huile. Surnommé fruit-légume du Bondieu.

Habitation : C'est tout l'air que respire le planteur blanc créole, de sa Grand Case à colonnades entourée de vérandas à ses champs de canne à sucre les plus reculés, des cases-à-nègres à la boutique où l'on vend la morue salée, le rhum et le beurre rouge au moulin à manioc, des ravines obscures qui servent de frontière entre les propriétés aux mornes boisés où on ne s'aventure guère par peur des serpents-fer-de-lance. L'habitation est l'univers (entier) du colon et de ses employés. Univers clos, replié sur lui-même, qui a volé en éclats au tournant des années 60.

Herbe-cabouillat : Herbe dont la tige sert de cure-dents aux humains, de dessert aux animaux en vagabondage et de reposoir à la tendresse des libellules.

Hivernage : Saison où il est prudent de ne point s'habiller de blanc ni d'arborer souliers vernis car le ciel déverse toute une charge d'avalasses de pluies qui noient les chemins et dévergondent les rivières, mais plantes et arbres sont contents tout bonnement.

Mangot-bassignac : Ô saveur de térébenthine ou de rhum-vieux ! Ta peau jaune tachetée de noir et de rouge est une invite à la gourmandise. Tu es la reine des mangues.

Mannicou : Dans la poche située à l'en-dessous de son ventre, il serre ses petits. Il ne voit (et ne se déplace) qu'au plus noir de la nuit, à la recherche de fruits, de rongeurs ou de restes de repas. Pour l'attraper, il suffit de l'aveugler à l'aide d'une lampe, mais il faut le saisir par le cou car ses dents sont des scies. Arrière-petit-cousin du Marsupilami.

Mouchoir de tête-coco-zaloye : La femme créole d'antan n'aimait pas laisser ses cheveux à la folie du vent, alors elle arborait toutes sortes de madras rutilants. Le « coco-zaloye » est gris et noir et ne se met que pour faire le ménage.

Nègre-caraïbe : Avant de se jeter d'un énorme rocher du nord de la Martinique, qui devint dès lors le Tombeau des Caraïbes, les autochtones eurent le temps de disperser tout un lot de gènes dans la population nègre. Alors, ici et là, de temps à autre, on voit naître un bébé aux pommettes saillantes, aux yeux bridés et à la chevelure ondulée. Le caraïbe survit donc à travers le nègre.

Oiseau-mensfenil : Tournoie très haut dans le giron des cieux prêt à fondre sur sa proie, poule, mouton nouveau-né et, dit-on, bébé, qu'il happe entre ses griffes et emporte nul ne sait où.

Oiseau-pipiri : Plus pressé que le soleil, son chant dissipe les ultimes miasmes de la nuit et annonce, dans le rose orangé des confins du ciel, une nouvelle gloire pour la lumière du matin.

Quénettier : Son fruit est une perfection de rondeur. Sa pulpe rose est une vraie bamboche de la langue et du palais, mais souvent elle dispense amertume et âcreté.

Quimbois : Si on vous en envoie un, autant courir demander protection à la Sainte Église catholique. Mais eau bénite et bible ne sont pas des armes imparables contre cette magie d'Afrique mélangée de croyances amérindiennes, européennes et hindoues. Il faut donc toujours porter un « garde-corps » sur soi.

Radio-bois-patate : La bouche des nègres, et surtout des négresses, court plus vite que les ondes. En six-quatre-deux, en deux causers et quatre paroles, la plus petite nouvelle est semaillée au fin fond des bois, commentée, amplifiée. Elle serpente comme la liane de la patate douce.

Sèrbi : Prendre deux grains de dé, les envoyer valdinguer blip sur un plateau et espérer le chiffre « onze » qui apporte la fortune. Se méfier des nègres malfeinteurs qui se servent de dés plombés pour couillonner le monde. Ne pas s'aventurer à jouer si on ne possède pas une âme de major.

Tafia : Rhum qu'aucun distillateur n'aurait le toupet d'écouler en Europe tant il est rude et âcre, mais le nègre des champs le boit sans rechigner.

Tafiateur : Bougre qui est en amour avec le tafia.

Tambour-matalon : Ses sonorités graves et monotones aident les prêtres hindous à invoquer les dieux de l'Inde. Ressemblent curieusement à des tamis, très différents en cela des tambours nègres, plutôt ventrus.

Zamana : Arbre cathédralesque que l'on ne rencontre qu'au mitan des forêts obscures ou des pelouses des Grands Blancs. Le zamana ne porte pas de fruits et ne sert guère à la menuiserie, il a pour unique mission d'enchanter l'âme de celui qui le contemple.

Table

DU MÊME AUTEUR

En langue créole

JIK DÈYÈ DO BONDYÉ, nouvelles, Éd. Grif An Tè, 1979.

JOU BARÉ, poèmes, Éd. Grif An Tè, 1981.

BITAKO-A, roman, Éd. Bannzil Kréyôl, 1985.

KÔD YANM, roman, Éd. K.D.P., 1986.
(Traduction française par Gerry L'Étang : LE GOUVERNEUR DES DÉS, Éd. Stock, 1995).

MARISOSÉ, roman, Éd. Presses Universitaires Créoles, 1987.
(Traduction française par l'auteur : MAMZELLE LIBELLULE, Éd. Le Serpent à Plumes, 1995).

GALFÉTÈ MÔ, Éd. Bannzil Kréyôl (à paraître).

En langue française

LE NÈGRE ET L'AMIRAL, roman, Éd. Grasset, 1988 (Prix Antigone).

ÉLOGE DE LA CRÉOLITÉ, essai, en collaboration avec Patrick Chamoiseau et Jean Bernabé, Éd. Gallimard, 1989.

EAU DE CAFÉ, roman, Éd. Grasset, 1991 (Prix Novembre).

LETTRES CRÉOLES, essai, en collaboration avec Patrick Chamoiseau, Éd. Hatier, 1991.

RAVINES DU DEVANT-JOUR, récit, Éd. Gallimard, 1993 (Prix Casa de las Americas/Prix Jet-Tours).

AIMÉ CÉSAIRE. UNE TRAVERSÉE PARADOXALE DU SIÈCLE, essai, Éd. Stock, 1993.

BASSIN DES OURAGANS, récit, Éd. Les Mille et Une Nuits, 1994.

COMMANDEUR DU SUCRE, récit, Éd. Écriture, 1994.

L'ALLÉE DES SOUPIRS, roman, Éd. Grasset, 1994 (Prix Carbet de la Caraïbe).

Traduction

UN VOLEUR DANS LE VILLAGE, de James Berry, Éd. Gallimard-Jeunesse, 1993, traduit de l'anglais (Jamaïque) (Prix de l'International Books for Young People, 1993).

COLLECTION FOLIO

Composition Euronumérique
Impression Société Nouvelle Firmin-Didot
le 13 mars 1995.
Dépôt légal : mars 1995.
Numéro d'imprimeur : 30366.
ISBN 2-07-039305-4/Imprimé en France

70694